Nobel prize
in
literature

Hermann
Hesse

〔德〕赫尔曼·黑塞——著
姜乙——译

# 在轮下

天津出版传媒集团
天津人民出版社

果麦文化 出品

目录

| | |
|---|---|
| 1 | 第一章 |
| 38 | 第二章 |
| 70 | 第三章 |
| 115 | 第四章 |
| 152 | 第五章 |
| 178 | 第六章 |
| 207 | 第七章 |
| | |
| 239 | 译后记 |

# 第一章

约瑟夫·吉本拉特先生,中间商兼代理人,在同乡中毫无特殊和过人之处。他和他们一样,身材魁梧、体格健壮,拥有说得过去的经商天分和对金钱由衷而坦率的膜拜。此外他有幢带花园的小房子,有块位于公墓的家族墓地,还有份开明却早已倦怠的宗教信仰。他适度地尊重上帝和当局,盲目地服从合乎市民社会礼仪的戒律。他喝酒不少,却从未醉过,虽顺手做过些并非无可指摘的买卖,却从未跨越明面上的法规半步。他骂穷人是饿鬼,骂富人爱炫耀。他是市民协会会员,每周五去"鹰社"玩九柱戏,也从不错过任何一个烘焙日、试菜或品尝香肠汤活动。他工作时抽廉价雪茄,饭后和周日则抽上好的。

他的内心世界是菲利斯特人[1]式的。原有的些许思想早已蒙尘，只剩下传统而粗俗的家庭观，以自己的儿子为傲和对穷人偶发的恻隐之心。他的思考力没能超越先天的、严重受限的狡诈和谋算之术。他的读物仅限于报纸。每年出席市民协会组织的业余文艺爱好者表演，间或去看看马戏，就足以满足他对享受艺术的需求。

要是他与某位邻居交换名字或房子，人们不会觉察到任何异常。甚至他灵魂深处对一切过人力量和品格难以遏制的怀疑，以及因嫉妒而滋生的对一切更非凡、更自由、更精致和更有灵性的事物的仇视，也与本城的其他家长一模一样。

关于他，说这些就够了。除了老道的讽刺家，没人能忍受更多关于他乏味生活和无意识悲剧命运的描述。只是这个人有个独生子，我们眼下要说的是他。

汉斯·吉本拉特无疑是个天资过人的孩子。这一点只

---

[1] 菲利斯特人是"缪斯的孩子"的反义，指那些"被文艺女神抛弃的人"。他们不欣赏或鄙视艺术及相关审美或精神价值，没有精神需求，也没有精神上的快乐。详解见译后记。（本书注释均为译注）

要看看他多么文雅细致,在同龄人中多么卓尔不群就够了。在这个黑森林里的"小村寨"中,迄今还从未出现过这等人物。这里从未有人能跳脱狭隘的视野,富有远见,产生影响,天知道这孩子认真的目光、聪慧的额头、优雅的步态究竟从何而来。也许来自他母亲?她已过世多年,生前除了病病歪歪、闷闷不乐外,再没什么引人注目之处,而遗传自他父亲则更不可能。如此看来,只能是曾经有过的一道从天而降的神秘火光,照亮了这个八九个世纪来只产出过能干的居民,却绝无天才诞生的偏僻老城。

倘若一位受过现代教育的细致观察者,念及他体弱多病的母亲和他古老的家族渊源,便会断言,这种智力上的营养过剩现象,乃是某种"回归"[1]的征兆。所幸这座小城中并没藏匿这种人。唯有几位较年轻机灵的官员和教员,才从杂志文章中隐约感知过"现代人"的存在。在这里,

---

[1] 本意为退化,但意指倒退到更"原始"的行为模式时,则使用带有精神分析色彩的术语"回归"。与生物病理的"退化"相反,"回归"意味分化或组织成熟。

即便对"查拉图斯特拉的言说"[1]一无所知的人也照样能生活,能被称作"有文化"。这里的婚姻关系是牢靠的,通常也很幸福,整个生活保持着无可救药的旧式风俗。过去二十年间,一些衣食丰足的市民,从手工业者变为工厂主,尽管这些人在官员面前点头哈腰,寻求与之交往的机会,但私底下,他们却称官员为穷鬼和只会抄写的奴才。奇怪的是,他们并没有比让自己的儿子读大学、当官更大的抱负。只可惜这不过是美丽的、无法实现的梦罢了,因为他们的后辈多半要呼哧带喘、一再留级,才能勉强念完拉丁语学校。

没有人会怀疑汉斯·吉本拉特的天赋。老师、校长、邻居、同学、教区牧师,个个都承认,这个男孩头脑不一般,确实有过人之处。为此他的前途是注定的——因为除非父母非常富有,整个施瓦本地区有才干的孩子只有一条窄路可走,那就是通过州里的考试进入神学校,再从神学校进入图宾根神学院。毕业后,他们要么走上布道坛,要

---

[1] 指尼采的《查拉图斯特拉如是说》。

么走上讲台。年复一年，本地已有三四十个平民子弟，走上了这条稳妥的大道。这些孩子瘦弱、用功过度，刚受过坚信礼，在国家的资助下，八九年修完了人文领域的各个学科，随后踏上他们人生的第二段旅程——往往是更为漫长的旅程。在这段路上，他们要偿还国家曾施舍的恩惠。

几周后，"州试"将如期举行。"国家"将在这场一年一度的"百牲大祭"上挑选州内的精英。而在此期间，城镇和乡村的无数家庭，都将朝向州府的方向叹息、祈祷、发愿，因为考试就在州府的怀抱中进行。

汉斯·吉本拉特是本城派去参加这场残酷角逐的唯一候选人。这份莫大的荣耀绝非唾手可得。他每天上课到下午四点，之后去找校长补习希腊文。到了六点，本城热心的牧师还要专门为他辅导拉丁文和宗教课。此外每周两次，数学老师会在晚饭后为他额外传授一小时数学知识。在希腊文方面，除不规则动词的时态外，重要的是小品词连接句子时形形色色的微妙表达。拉丁文则主要涉及写作时文体风格的简洁明晰，特别是要理解许多韵律上的细微差别。数学的重点放在复杂的三率法上。正如老师经常强调的：表面看来，这些数学知识对今后的学习和生活没有价值，但这不过是表象。它们实际上非常重要，甚至比一些主要科目更为重要，因为它培养的逻辑思维能力，是一个人能清晰、冷静而有效地思考问题的基础。

为了避免他因精神负担过重，或因过度的智力训练而荒疏了心灵的成长，每天早上开课前，汉斯被允许去上一小时的坚信礼课。在课上，对《布伦茨慕道手册》振奋人心的朗读，对其中的神学教义问答的背诵，让一股宗教生活的清流沁入他年轻的灵魂。只可惜，他亲手当掉了这活泼的时光，葬送了这份恩典。因为他总是偷偷将写有希腊文和拉丁文单词、习题的字条塞进慕道手册，几乎一整节课都在研习世俗知识。与此同时，他的良心却尚未麻木不仁，他仍会为此不安，有些慌张。每当校长走近或叫他的名字时，他都会羞怯难当；若是要他回答问题，他更是额头冒汗、心跳加速。只是他的回答总能正确到毫无瑕疵，甚至发音也非常标准。这一点，校长十分看重。

白天课堂上积累的作业，无论是要写的、要背的，还是要复习的、要预习的，汉斯都能在深夜家中柔和的灯光下逐一完成。班主任对此大加赞赏。他认为能在安静和睦的居家氛围中完成作业对人大有裨益，能加深印象、提高效率。周二和周六，汉斯一般要写到十点，其余时间则至十一二点，有时还要持续到更晚。他父亲尽管对过度消耗灯油心有怨气，但看到儿子用功，又不免为他感到骄傲。至于闲暇时间和占据我们生活七分之一的星期天，则总有人极力建议他阅读学校中尚未涉猎的作家作品，反复练习语法。

"当然，要适度，适度！每周散步一两次十分必要，而且有奇效。如果天气好，你还可以带本书到郊外散步——你会发现，在空气清新的郊外，读书是件多么轻松愉快的事。总之，振作起来！"

于是汉斯竭力打起精神，并从那时起也利用散步时间学习。他那张睡眠不足的脸上双眼无神、眼圈发黑，整个人像被驱赶似的，悄无声息地四处晃悠。

"您觉得吉本拉特怎样？他一定能通过考试，对吗？"有一次班主任问校长。

"一定能。一定。"校长兴奋地说，"他极其聪明。这一点一看便知。你看他多有灵气，简直超凡脱俗！"

考试前的八天里，他精神化的气质更加凸显。细致英俊的孩子脸上一双深邃不安的眼中闪着黯淡的光。而在他秀美的额头上，几道流露灵性的细纹则不时抽动着。他的双手和胳膊本就瘦弱纤细，如今疲倦耷拉着，让人想到波提切利[1]的画中人。

时候到了。明日一早，他将和父亲一起出发去斯图加特，并在那里、在州试中证明，他是否有资格迈入神学校的窄门。他刚刚去跟校长辞行。

"今天晚上，"平日令人生畏的一校之主在这最后关头一反常态地温柔说道，"你不许再复习了。答应我。明天你必须精神饱满地去斯图加特。再去散一小时步，之后准时上床睡觉。年轻人必须睡眠充足。"

汉斯听惯了严厉的告诫，此刻对这份善意的关怀感到吃惊。他长舒了口气，走出校门。傍晚灼热的阳光洒在懒洋洋的高大菩提树上。集市广场上的两个大喷泉水花四

---

1　15世纪末佛罗伦萨的画家。

溅,微光粼粼。视线越过一排排高高低低的屋顶时,能望见近处青黑色的冷杉覆盖着山峦。这一切,男孩似乎久未见过了。这一切在他眼中异常美丽、异常诱人。尽管他有些头疼,但今天,他不必再学习了。

他缓步走过集市广场,经过老市政厅,穿过集市巷子,路过刀匠铺,走上老桥。他在桥上来回踱步,最终坐在了宽阔的护栏上。最近几周,甚至几个月,他每天经过这里四次,却从未留意过那座哥特式的桥边小教堂,也从没看过河水、水闸、堤堰和磨坊,甚至从未注意浴场的草地和杨柳覆盖的河岸。在那里,一家制革厂挨着一家制革厂,河水深邃、碧绿,幽静得宛如湖泊,柔弱的柳枝一直垂入水中。

此刻,他忽然记起自己曾在这里度过的那些半日和全天,记起他曾多次在河里游泳、潜水、划船和钓鱼。噢,钓鱼!他几乎忘了该如何钓鱼。去年由于备考,不准他钓鱼,他曾哭得多么伤心啊。钓鱼!钓鱼是他漫长的苦读生涯中最美好的事。站在柳树的薄荫下,听近处潺潺河水经过磨坊,那深幽而寂静的河水哟,碧波闪烁!当长长的钓竿微微颤动,特别是咬钩和拉竿时,他的心情多么激动!还有最终将一条冰凉、肥硕、摇头摆尾的鱼握在手中时难以言表的喜悦!

他的确钓到过活泼多姿的鲤鱼,钓到过白鱼、鲃鱼,美味的丁桂和幼小稀有、色彩斑斓的鲦鱼。他长久望着河水。当看见河岸那片绿色的庇荫处时,他不由得忧虑、悲伤起来,感到美好自由而狂野的童年已消逝在遥远的身后。他下意识从口袋中掏出一小块面包,掰开,搓成大大小小的面包球,扔进水中,观察它们如何下沉,又如何被鱼衔走。最先游来的是不起眼的金线鱼和鳊鱼,它们急切地吃光小碎片,又没吃饱似的,用鱼嘴去叼大块的面包,咬成锯齿形。接着,一条稍大的白鱼缓慢而小心翼翼地靠近了,它深色宽大的鱼背隐隐浮出水面,不慌不忙地,围着面包球打转,随后突然张开鱼嘴,让面包球消失在它的圆嘴中。一股温暖、潮湿的气流从幽幽河水中蒸散而出。几朵淡淡的云影影绰绰,映照在碧绿的水面上。圆锯在磨坊中吱嘎作响。围堰的闸口涌出两道清凉的水流,低沉地激荡着,汇聚一处。男孩想起不久前受坚信礼的那个主日。那天，他发现自己竟在庄严肃穆的仪式中默背着一个希腊语动词。最近他经常不由自主地走神，即便在学校中也是。上课时他不是专注于眼下的作业，而是回忆从前或考虑他未来的功课。

考试时要是这样可有得瞧了！

正当他心烦意乱地从护栏上起身，迟疑着不知该往哪儿去时，一只有力的大手抓住了他的肩膀。一个男人突然亲切地叫住他。他吓了一跳。

"你好，汉斯，愿意跟我走走吗？"

说话的是鞋匠师傅弗莱格。过去汉斯不时去找他，消磨夜晚的闲暇时光，如今已很久没去了。汉斯一边跟他走，一边心不在焉地听着这位虔诚的虔信派教徒说话。弗莱格说到考试，祝福了年轻人，又试图鼓励他。最终，他说这番话是为了指出，考试无常，非常表面，即使失败也并不羞耻。最优秀的人也有名落孙山的可能。假如这种事发生在他汉斯身上，他应当坚信，上帝为每个人做了特别的安排，并将引领每个灵魂走上属于他自己的道路。

汉斯对眼前这个人并非毫无愧疚。他虽钦佩弗莱格自信坚定的气质,却在多次听到有关虔信派教徒的笑话时,违心地跟着笑。此外,他为自己的懦弱感到羞愧,因为很长时间以来,他几乎都担惊受怕地躲着这位师傅,害怕他尖锐的提问。自从汉斯成了老师的心头好,自己也有几分心高气傲后,弗莱格师傅总是奇怪地盯着他,试图打压他,这使得男孩的心灵与这位善意的领路人渐行渐远。因为汉斯正值青春年少,对任何令人不快的、伤自尊的刺激都极其敏感。此刻,他正走在这位教导者的身旁,却并不知道这个高大的人心中对他充满了挂虑和关爱。

走到克朗巷时,他们遇见了教区牧师。鞋匠谨慎而冷淡地同牧师打过招呼后,突然加紧了脚步,匆忙走掉了。因为牧师是个新派人物,盛传他甚至从未相信过"复活"。于是牧师现在接管了男孩。

"你好吗?"牧师问,"终于到时候了。你一定很高兴吧。"

"是的,我还好。"

"嗯,保持住!你知道,我们对你寄予厚望。我期待你的拉丁文考试成绩优异。"

"可是,万一我落榜……"汉斯怯怯地说。

"落榜?!"牧师错愕地停下脚步。

"根本不可能落榜。不可能!你这是胡思乱想!"

"我是说,万一……"

"不会的,汉斯。绝不会。你大可放心。那么,替我问候你的父亲。鼓起勇气!"

汉斯目送他离去,又四下张望,寻找鞋匠。刚才他是怎么说的?只要一心朝向正义,又敬畏上帝,拉丁文也并不重要。他说得倒是轻巧。可这位教区牧师——要是真考砸了,哪还有颜面再去见他。

沮丧之余,他蹑手蹑脚溜回家,走进斜坡上的小花园。这里有间朽坏、久已废弃的园中小屋。当时他曾在屋里搭建木棚,养过三年兔子。去年秋天,因为备考,兔子被弄走了,从此他就再没时间分心了。事实上他连花园也很久没来过。空荡荡的棚屋年久失修,墙角的钟乳石堆也已坍塌。木制的小水轮斜歪着,栽倒在水管旁。他回想起当年搭建、雕刻这一切以及劳作时乐陶陶的时光——两年过去了,恍如隔世。他拾起水轮,掰弯它,又彻底折断,扔到栅栏外。该扔掉它们了,这一切早已结束,早已远去。他突然想起他的同学奥古斯特。奥古斯特曾帮他建水轮、修兔舍。那时他们会在这里玩一下午,打弹弓、捉猫、搭帐篷,饿了就拿生胡萝卜当点心吃。随后他们各奔前程。奥古斯特一年前就离开学校,做了机械工学徒。从那以后,他只露过两面。当然,他自己现在也没什么时间了。

云影在山谷间匆匆掠过,太阳已下至山的边缘。有那么一瞬,男孩竟感到自己要扑倒在地,号啕大哭。但他并没有这么做,而是从工具棚里拿出斧头,用纤细的手臂在空中拼命挥舞它,将兔笼砍得稀碎。木条四溅,钉子砸得弯弯溜溜,发出清脆的响声。他看见一点儿前年夏天剩下的兔食,已经腐烂。他朝它猛劈过去,剁烂它,仿佛这样,就能斩断他对兔子、对奥古斯特、对一切眷恋的童真旧事的情思。

"嗨,嗨嗨,你这是在干吗?"父亲从窗口探出身子,喊道,"你在干吗呢?"

"砍柴。"

他没再多说,而是扔掉斧头,跑出院子,穿过巷子,沿河岸向上游走去。酿酒厂近旁的岸边拴着两只木筏。从前他经常乘这种筏子顺流而下,一漂就是几小时。炎热的夏日午后,木筏一声声拍击着河水,他听得既欢喜,又昏昏欲睡。于是他跳上捆得松散的浮木,躺在柳条上,极力想象木筏一路前行,经过草地、田野、村庄,经过凉爽的林边、桥洞和开放的水闸。他躺在柳条上,仿佛一切都回到了旧时的光景。他还要去卡普夫山打兔食,在制革厂岸捕鱼,既没有头痛,也毫无烦愁。

他又累又恼,回家吃晚饭。父亲为他即将去斯图加特应试兴奋不已,问了他十几次,是否收拾好了要带的书,是否放好了黑色的制服,路上是否还要复习语法,是否感觉良好。汉斯的回答既简短又刻薄。他吃得很少,随后就道了晚安。

"晚安,汉斯。睡个好觉!明早六点,我会准时叫醒你。还有,'那本'词典你没忘记吧?"

"没有。'那本'[1]词典我没忘记。晚安!"

---

1 父亲说错了"词典"一词的词性。汉斯的重复旨在强调这一错误。

汉斯没有睡觉,而是在房中摸黑坐了很久。迄今,备考对他唯一的恩赐就是这间属于他自己的小屋。他是这里的主人,不会受到任何打扰。他曾在这里与疲惫、瞌睡和头痛斗争,曾在这里热情地研读凯撒和色诺芬,复习语法、翻词典、做数学题,直至深夜。他坚韧、倔强、雄心勃勃,但时常也濒临绝望。正是在这里,他拥有过在他看来比他失去的属于一个男孩的一切嬉戏时光更可贵的几小时。那些奇妙的时刻如梦如幻,满溢着豪情、醉意和得胜的信念。他在这些时刻,幻想并渴望着他能超越学校和考试,冲破一切阻碍,步入生命中更高的境界。那一刻,他被一种狂妄的、极乐的想象攫住,那一刻他确信,他的确和班里那些胖脸蛋、好心肠的同学不同,他比他们优秀。或许他真的可以在未来的某一天,站在令人心醉的高处傲视他们。他深吸了口气,仿佛这斗室中的空气更自由、更清爽。他坐在床上,在梦幻、希冀和预感中消磨了几小时。他苍白的眼睑缓缓遮住用功过度的大眼睛,又睁开眼,眨了眨,随后再次垂下眼帘。他稚嫩的脸毫无血色,头耷拉在瘦弱的肩膀上,两条纤细的胳膊疲惫地伸展着。

他和衣而睡。轻柔如母亲般的安眠之手,抚平了他童心中躁动的波澜和漂亮额头上细幼的皱纹。

这种事简直闻所未闻。校长先生一大早亲自来站台送行。吉本拉特先生身穿黑礼服,由于激动、喜悦和骄傲,根本无法站着不动。他神经质地绕着校长和汉斯转悠,听站长和所有铁路职员祝他一路顺风,祝他儿子考试成功。他一会儿左手提着那只又小又硬的箱子,一会儿又换到右手,先是将雨伞夹在腋下,接着又夹在双膝之间。由于雨伞几次掉在地上,他不得不一次次放下箱子,弯腰捡起它。不知道的人还以为他要去美国旅行,而不是买了往返的车票前往斯图加特。儿子看起来倒是冷静,可事实上他已吓得快要窒息。

火车进站停稳后,父子俩上了车。校长跟他们挥手告别。父亲点燃一根雪茄。城镇和河流隐没在山谷中。这次旅行对他俩来说,都是种折磨。

到了斯图加特后,父亲突然活络起来。一种小城市人即将在州府逗留数日的欣喜鼓舞着他,他开始变得快活、随和、善于交际。汉斯却愈发沉默焦虑。眼前的大都市令他感到极度压抑。一张张陌生的脸，一幢幢气派的高楼，令人疲惫的长路，马车道和街上嘈杂的喧嚣声，这一切似乎都在吓唬他，让他痛苦不堪。他们借住在一位姑母家。这里陌生的房间、姑母的热情健谈、长时间毫无目的的闲坐和父亲说不尽的鼓励话，彻底压垮了他。他无措而失落地蹲坐在房中。而当他注视着奇怪的周遭，望着姑母和她城里人考究的打扮，大花纹壁纸、台钟、墙上的画，或透过窗子望向街上熙来攘往的人群时，他感到自己被彻底出卖了。他仿佛已离家很久，且完全忘记了从前辛苦习得的全部知识。

下午时分，他正准备再复习一下希腊文中的小品词时，姑母提议出去散步。汉斯的脑海中忽然闪过绿色的草地，仿佛听见风吹树林的沙沙声，于是他欣然同意。然而他很快意识到，在大城市中，即使散步，方式也和在家乡截然不同。

由于父亲外出做客，他独自跟姑母出门。谁知刚一下楼，烦人的事就接踵而至。他们在二楼遇见了一个盛气凌人的胖女人。姑母向她行过屈膝礼后，立即被她拉住，开始了没完没了的闲谈。一刻钟过去了，汉斯守在一旁，倚着楼梯的栏杆。那女人的狗不停朝他吠着，在他身上嗅着。他隐约听见她们说到他，因为那胖女人一再透过夹鼻眼镜上下打量他。走到街上不久，姑母就进了一家商店，好半天才出来。这期间，汉斯拘谨地站在街上，被来往的路人挤到一边，又受到街头顽童的奚落。姑母从商店出来后递给他一块巧克力。尽管不爱吃，他还是礼貌地感谢了姑母。走到街角后，他们上了一辆满载乘客的公共马车。在不断的铃声中，马车驶过一条条马路，最终到了一条林荫大道，道旁是公园。这里的喷水池喷着水，围着栅栏的观赏花坛盛开着鲜花，一个人工小池塘里，金鱼游来游去。他们在一大群散步者中来来回回兜着圈子，看见许多张脸，许多优雅得体的服装，还有自行车、轮椅和婴儿车，听着嘈杂的人声，呼吸着温暾而弥漫着灰尘的空气。最终他们挨着旁人，坐在了一条板凳上。姑母几乎一直说个不停。眼下她又叹了口气，慈爱地笑着，望着男孩，让他现在就吃掉那块巧克力。可他不想吃。

"我的上帝,你不会是不好意思吃吧?大可不必。尽管吃,吃吧!"

于是他拿出巧克力,磨磨蹭蹭拆开锡纸,咬了一小口。他从不爱吃巧克力,但不敢告诉姑母。他抿着嘴里的巧克力,感到难以下咽。这时姑母忽然在人群中发现了一个熟人,奔了过去。

"坐着别动,我马上回来。"

汉斯舒了口气,趁机将巧克力扔进了远处的草坪。他双腿有节奏地晃悠着,注视着眼前的路人,心中感到异常苦闷。最后,他竟又开始默背起不规则动词来。可叫他吓得要命的是,他几乎什么都记不起来了,全忘光了!而明天就要考试了。

姑母回来后,带来了新消息:今年的州试,将在参试的一百一十八名考生中录取三十六名。男孩听后吓得魂飞魄散,回去的路上一句话也没说。到家后,他开始头痛,又拒绝吃饭,心情沮丧到极点。父亲气得呵斥了他一顿,就连姑母也觉得他讨人厌。这天晚上,他睡得很深很沉,被一个个可怕的噩梦纠缠。他梦见他跟另外一百一十七名考生齐坐在考场上。监考的一会儿像老家的牧师,一会儿又像姑母。他面前堆着他必须吃掉的如山般的巧克力。他一边掉眼泪,一边吃,却看见其他考生一个个站起来,穿过一道窄门,消失不见。他们吃光了自己的巧克力山,而他的,却在他眼皮底下变得越来越大。巧克力铺满了桌子和板凳,像是要淹没他,活活憋死他。

第二天一早,为了不迟到,汉斯一边喝咖啡,一边紧盯着时钟。这个时候,家乡小城中正有许多人在惦念他。首先是鞋匠弗莱格。他会在吃早餐前祈祷,家人连同伙计和两名学徒围站在餐桌边。师傅今天在惯常的祷词中加了一句:"哦,上主!求您保佑今天参试的学生汉斯·吉本拉特。保佑他,赐予他力量!让他有朝一日成为一名勇敢的义人,宣扬您的圣名!"

镇上的牧师尽管没为他祈祷,却在吃早餐时对他妻子说:"这会儿吉本拉特该进考场了。他一定会出人头地,成为众人瞩目的人物。这么一来,我也算没白帮他补习拉丁文。"

班主任在开始讲课前对学生们说:"你们知道,此刻州试正在斯图加特举行。我们应当祝福吉本拉特一切顺利。不过他不需要你们的祝福，因为像你们这种懒虫，就算他双手插兜，你们也不是他的对手。"这下，班里几乎所有同学都在想着那位缺席者，尤其是那些私下赌他考取还是落榜的人。

发自内心的代祷和情真意切的关怀能轻易穿越时空，传至远方，因此汉斯感受到了来自老家的惦念之情。他忐忑不安地在父亲的陪同下进了考场，胆怯而惊慌地听从监考的指令，像刑场上临刑的囚犯般环视着满屋面色苍白的男孩。然而主考官进来，命令大家肃静，并口述拉丁文修辞练习的题目后，汉斯却松了口气。他发现这题目简直容易得可笑。他快速甚至心情愉快地起草了提纲，随后从容、工整地誊清，并成为最早交卷的男孩之一。回姑母家时，他走错了路，在炎热的都市马路上瞎跑了两小时，但这明显未妨碍他重新寻得心灵的安宁。他甚至为此高兴，他能暂时躲开姑母和父亲，在陌生而喧闹的州府大街上，像个大胆的冒险家般东游西荡。他兜兜转转，终于找到了回家的路。刚一进家门，他就立即遭到了各种提问的轰炸。

"怎么样？考得如何？题目你都会吗？"

"很简单，"他得意地说，"这类题目我五年级就能翻译了。"

他大口大口吃起来。

下午休息，父亲带他去拜访几个亲戚朋友。在一位亲戚家里，他们遇见了一个从哥平根赶来参试的男孩。他身穿黑衣，神情腼腆。两个男孩自顾自聊起来，羞涩而好奇地瞧着对方。

"你觉得拉丁文考题怎么样？很容易，对不对？"汉斯问。

"非常容易。但事情往往是，越容易的题目越容易出错，越容易让人掉以轻心。简单的题目往往暗藏玄机。"

"你这么看？"

"当然。出题的先生们可没那么蠢。"

汉斯微微一怔，若有所思。随后他迟疑地问："你这里还有考题吗？"

对方拿出记事本后，两人逐字逐句看起来。哥平根人似乎精通拉丁文，至少他两次使用了汉斯从未听过的语法术语。

"明天考什么？"

"希腊语和作文。"

随后哥平根人问起汉斯的学校来了几名考生。

"没别人了，"汉斯说，"就我一个。"

"哎哟，我们哥平根来了十二人！其中三个极聪明，有望冲刺第一。去年的第一名就是哥平根人——那么，假如落榜了，你准备读高中吗？"

这可是从未谈过的事。

"不知道……不，我想我不会。"

"不学了？无论如何我都要读大学。就算这次考砸了也会。如果那样，我妈妈会送我去乌尔姆。"

这番话触动了汉斯。尤其是那十二个哥平根人和其中三个异常聪明的，让他感到害怕。如果真的落了榜，他可怎么有脸见人。

回家后，他赶紧坐下，复习以"mi"开头的希腊文动词。拉丁文他毫不担心，很有把握。但希腊文让他感觉奇特。他喜欢希腊文，甚至有些痴迷，但这只是就阅读而言，尤其是色诺芬的文章，写得如此优美、灵动、清新，通篇念起来又那么欢脱、悦耳、有力，内在拥有活泼自由的精神，又很容易理解。但一旦涉及语法，或必须从德语翻译成希腊文时，他就会感到自己像是迷失在了错综复杂又相互冲突的规则和形式的迷宫里，如同初次上希腊文课。那时他甚至连字母都看不懂，对这门语言唯有恐惧和敬畏。

第二天按顺序先考希腊文，之后是德语作文。希腊文试卷相当长，也并不简单。作文题目刁钻，容易误读。十点钟时，考场变得又热又闷。汉斯的羽毛笔不好用，写坏了两张纸后才誊清考卷。考作文时，坐在汉斯旁边的考生找他麻烦。这个厚脸皮的家伙把一张写有问题的纸推到他面前，用手指戳他的肋骨，逼他写出答案。考试中与邻座交谈被严令禁止，这么做的考生将无一例外被逐出考场。汉斯战战兢兢地在试卷上写下"别烦我"后，扭身背对这位提问者。考场热得要命，就连监考老师也在匀速地不停踱着步子，不时用手帕擦脸，一刻不得安生。汉斯穿着厚厚的坚信礼服，汗流浃背，头痛欲裂。最后，他悻悻地交了卷，感觉自己必定错误百出，恐怕是考砸了。

饭桌上，他一言不发，面对所有的提问也只是耸耸肩，摆出一副吊儿郎当的架势。姑母安慰他，父亲却十分恼火，心情不悦。晚饭后，他把男孩带到隔壁房间，试图问个究竟。

"考得不好。"汉斯说。

"你怎么不留神？明明可以仔细点儿。真是活见鬼！"

汉斯沉默不语，而当父亲开始责骂他时，他满脸通红地说："你对希腊语一窍不通！"

更糟的是下午两点他还要去参加他最害怕的口试。走在炎热的城市街道上，他感觉极其难受。苦闷、恐惧，再加上头晕，他几乎睁不开眼，看不清东西。

他在三位先生面前坐了十分钟，中间隔着一张绿色的大桌子。他翻译了几个拉丁文句子并回答了他们提出的问题。随后他又在另外三位先生面前坐了十分钟，翻译了希腊文，又被问了各种问题。最后，他们让他说出一个希腊文不规则动词的过去式时，他没能答出来。

"您可以走了。走右边的门。"

他走过去。刚到门口,他突然想起了那个词,停下脚步。

"走吧,"一位先生冲他说,"走吧!还是您有什么不舒服?"

"没有。我只是,我想起那个词了。"

他朝房内喊出那个词,看到其中一位先生在大笑,他涨红了脸,赶紧跑掉。随后他试着回想那些问题和他的回答,但一切都乱纷纷的,他只记得眼前那张绿色的大桌子,三位穿着礼服、严肃认真的老先生,一本打开的书和他放在书上颤抖的手。天哪!他都答了些什么!

走在街上,他觉得自己像是已经在这里待了好几个星期,永远也回不去了。父亲的花园、蔚蓝的山峦、河边的钓鱼点,这些景象似乎离他很远,他很久没见过了。哦,如果他今天就能回家多好!没必要再待下去了,无论如何,考得不如人意。

他买了个牛奶卷,为了不面对父亲,向他交代,他在街上整整逛了一下午。终于回来后,他们看见他疲惫不堪、相当痛苦的样子,都十分担心。于是他们让他喝了鸡蛋汤，让他上床睡觉。明天还要考数学和宗教，考完之后，他便可以返程了。

翌日上午考得相当顺利。昨天考主要科目那么倒霉，今天却大获成功——汉斯把这视为苦涩的嘲讽——无所谓，都一样！反正现在可以走了，可以离开斯图加特！

"考试结束了，我们现在准备回家。"他对姑母说。

可父亲今天不想走。他要去趟康斯塔特，去温泉公园喝咖啡。汉斯只好苦苦哀求父亲能允许他今天独自回家。他被送上火车，接过票后，姑母和他吻别，给了他路上吃的东西。他精疲力竭地乘着一路经过绿色丘陵的火车朝家乡驶去。唯有当深蓝的冷杉丛出现在远方，欣喜和释然的心绪才逐渐在男孩心中升起。他开始期待见到家中的老女仆，期待回到自己的小屋，期待见到校长，期待学校里那间他无比熟悉的低矮教室，期待家乡小城中的一切。

幸运的是下车后他没在车站遇见任何好奇的熟人。他背着自己的小包袱，神不知鬼不觉地回了家。

"斯图加特美吗？"老安娜问。

"美？难不成你觉得考试是件美差？我只是高兴，我终于回家了。父亲明天才回来。"

他喝了碗鲜牛奶后，拿起挂在窗边的泳裤，跑出家门，却并没去众人常去的浴场。

他朝离城很远的"天平"方向走去。那里水很深，水流徐缓地流经两岸高大的灌木丛。他脱了衣服，先伸手，又用脚试着水温。水是凉的，他打了个冷战，随后一个猛子扎进水里。他慢慢逆流游着，感受水流冲刷他身上近日积攒的汗水和恐惧，而当清凉的河水环抱他纤细的身体时，他的灵魂重新燃起喜悦，回归了他美丽的家乡。他加速游着，又稍事休息，随后继续加速，被舒适的凉意和倦意包围。他仰面躺在水上，任凭自己再顺流而下，倾听傍晚的蝇子发出细细的嗡嗡声。它们成群结队，围成金色的圆圈。小燕子不时迅速飞过眼前，划破晚霞。消失在群山后的夕阳映红了傍晚的天空。当他重新穿上衣服，做梦般逛回家时，阴影已笼罩了山谷。

他经过商人萨克曼的花园。小时候他曾和几个孩子在那里偷过生李子。基希纳的木工场上，横七竖八放着白杉木，从前他经常能在那下面找到钓鱼用的蚯蚓。他路过警监盖斯勒的小屋。两年前溜冰那会儿，他喜欢上了警监的女儿艾玛。她和他同岁，是城里最秀气雅致的女生。那时他最向往的事莫过于能和她说说话、拉拉手。可他从未如愿。他太害羞了。此后她被送到寄宿学校，他几乎记不起她的模样。可这会儿这些儿时往事再次浮现，像是来自远方，如此新鲜生动、散发着前所未有的奇异又令人遐思的气息。那时的日子多惬意啊！傍晚他坐在丽瑟家门前削土豆，听故事。星期天一早，他高高卷起裤腿，怀着愧疚的心情跑到下堤堰边捉蟹子，摸金鱼，随后因打湿了主日的衣服而遭到父亲的棍棒！那时的人和事多么神秘奇妙，他如今已很久没有想起。歪脖子的小鞋匠史特洛迈尔，大家都知道，他毒死了他老婆。还有冒险家"贝克先生"，他曾拎着根棍子，背着行囊，遨游了整个地区。而他之所以被称作"先生"，是因为他从前是个有钱人，曾有过四匹马和一驾马车。对于这些人，汉斯除了他们的名字外一无所知。他模糊地意识到，他已失去了这个由条条街巷组成的晦暗狭小的世界，而一个取代它的生动活泼、值得体验的世界，他还尚未找到。

由于第二天仍是假期，他一觉睡到天亮，享受这份自由。中午时分，他去接父亲，后者仍沉浸在斯图加特之行带来的愉快中。

"要是考上了，你尽可向我许愿。"他心情不错，"考虑一下吧。"

"不，不，"男孩叹息着，"我肯定会落榜。"

"蠢货，你这是说的什么话！你最好许个愿，免得我后悔。"

"假期里，我想再去钓鱼，行吗？"

"行，可以去，只要你能考上。"

转天是星期天，下起了雷暴雨。汉斯坐在他的小屋里，连续几小时一边看书，一边沉思。他仔细回顾了他在斯图加特参试的情形，每每得出同样的结论：他实在太倒霉了，本来可以考得更好。无论如何，考取是不可能了。这该死的头痛！渐渐地，越来越多的焦虑压得他喘不过气，乃至他最后不得不去找父亲。

"爸爸！"

"怎么了？"

"关于许愿,我还想再跟你说说。我还是不去钓鱼了。"

"哦?怎么又变卦了?"

"因为……因为,我想问问,我能不能……"

"赶紧说,别装模作样!能不能什么?"

"要是我考不上,我能不能去上高中?"

吉本拉特先生一时语塞。

"什么?上高中?"他爆发了,"你去上高中?谁给你出的主意?"

"没人。我只是想问问。"

汉斯站着,一看就是吓得要命。但父亲并没有察觉到。

"去去去,"他不耐烦地笑了,"你这是异想天开。上高中!你以为我是商务顾问[1]?"

他频频摆手,汉斯只好放弃,失望地走出去。

"这小子!"他在他身后嘟囔着,"想什么呢!又想去

---

[1] 1919年前德国巨商和工业家的荣誉称号。

上高中！给点儿颜色就开染坊！"

汉斯在窗台上坐了半小时，凝神注视着刚擦过的门廊地板，想象着他假如进不了神学校，又不能读高中、上大学，日子会是怎样的情形：他可能会被送到干酪铺当学徒，或送去账房抄抄写写，一辈子碌碌无为，成为他最瞧不起、绝不愿做的那种人。这么一想，他那张漂亮又聪明的脸立即拧巴起来。他悲愤交加地跳下窗台，狠狠地啐了口唾沫，抓起搁在一旁的拉丁文选读本，用力摔向墙上。随后，他冲入雨中。

周一一早，他又去上学了。

"你好吗？"校长问着，向他伸出手，"我本想你昨天会来找我。考得怎么样？"

汉斯垂下头。

"怎么？考得不好？"

"我想是的，不太好。"

"嗯，要有耐心。"老先生安慰道，"估计今天上午，斯图加特那边就能传来消息。"

上午漫长得可怕，没有任何消息。午餐时，汉斯心慌意乱，几乎什么也吃不下。

下午两点，他走进教室时，班主任已经来了。

"汉斯·吉本拉特！"他大声喊道。

汉斯走上前。老师向他伸出手。

"恭喜你，吉本拉特。你以第二名的成绩考上了神学校。"

教室里一片庄严的沉默。门开了，校长走进来。

"祝贺你！好了，现在你还有什么话可说？"

男孩又惊又喜，浑身瘫软。

"呐，你真不打算说点儿什么吗？"

"早知道这样，"他脱口而出，"我肯定也能考第一！"

"回家去吧，"校长说，"把好消息告诉你爸爸。你不用来上学了，反正还有八天就放假了。"

男孩晕晕乎乎地走到街上，看见高大的菩提树和洒满阳光的集市广场。一切如常，但一切都不同了。一切都变得更美，更有意义，更讨人喜欢。他考上了！而且是第二名！当最初风暴般的狂喜结束后，他心中充满强烈的感激之情。他再也不用躲着教区牧师了。他可以继续学习，不用再害怕去干酪铺和账房了!

现在,他还可以去钓鱼。到家时,父亲刚好站在门口。

"怎么回来了?"父亲轻声问。

"没怎么。他们让我回来。"

"什么?怎么回事?"

"因为我现在是神学校的学生了。"

"嚯,我的天!你考上了?"

汉斯点头。

"成绩怎么样?"

"第二名。"

这可是老吉本拉特万万没想到的。他一个劲儿拍着儿子的肩膀,笑着,摇着头,一句话说不出。随后他又想说什么,张开嘴,却还是说不出,只能依旧摇头。

"老天!"他终于喊道,随后又加了一句,"我的老天爷呀!"

汉斯冲进房门,径直跑上楼,进了阁楼间。阁楼里空空荡荡,唯有一个壁柜。他打开它,翻腾着,找出各种盒子、成捆的绳子和软木塞。这是他的钓具。现在最重要的是，他必须削出一根好钓竿。他下楼去找父亲。

"爸爸，把你的小刀借我！"

"干吗用？"

"我要削根竿子，钓鱼用。"

父亲伸手掏着口袋。

"呐，"他满面春风，慷慨地说，"给你两马克，拿去买一把吧。别去汉弗莱德，去那边的刀铺买。"

男孩飞奔而去。刀铺老板询问了考试的情况，听到了好消息，递上一把漂亮的刀。下游布吕歇尔桥下长满又细又长的赤杨和榛树，他在那里精挑细选了一番，最终削出一根完美无瑕、韧力十足的钓竿。他拿着它急忙往家赶。

他的脸红彤彤，双眼闪着光，开始兴冲冲地架设钓具。对他来说，准备钓具和钓鱼一样令人心醉。整个下午，直到晚上，他都专心准备着，把白色、棕色和绿色的鱼线分类，仔细检查、修补，解开许多老结，整理乱线。各种形状和大小的软木和鹅毛漂都经过试用，不合适的又重新雕刻。各种重量的小铅块被锤成球状并刻出切口，用来压线。然后是鱼钩，剩下的鱼钩数量不多。这些鱼钩一部分拴在四股的黑色缝纫线上，一部分拴在一根羊肠线上，还有一部分拴在马鬃绳上。到了傍晚，一切都准备就绪了。汉斯现在确信，在这漫长的七周假期里，他一定不会感到无聊。他可以独自一人拿着鱼竿在水边钓鱼，消磨一整天。

# 第二章

　　暑假理当如此。龙胆蓝色的天空笼罩着群山。阳光灿烂的大热天持续了数周,最多偶尔来场急促的雷雨。河水虽流经连绵的砂岩、杉树荫和狭窄的山谷,却仍被阳光晒得暖暖的,直至傍晚,人们仍可在河里游泳。小城四周弥漫着干草和二茬草的香气。几块狭长的玉米地已是一片金黄和金褐色。溪流边一人多高,像毒芹似的植物开着伞状白花,花上总是爬满小甲虫,割下它中空的茎,则可做成哨子和笛子。森林的边缘点缀着长长一排毛茸茸的"国王烛",它们威荣凛凛,盛开着黄花。水枝柳和水丁香摇曳着修长坚韧的茎,紫红色的花朵覆盖了整个山坡。冷杉丛中矗立着红色的凤仙花,高大尊贵,样子奇崛:它有着银色绒毛的宽根叶、粗壮的茎和一串串鲜红的花萼。此外还有各式各样的蘑菇：红艳发亮的蛤蟆菌，肥厚宽大的牛肝菌，离奇的山羊胡蘑，多叉的珊瑚蘑和怪异透明、病态硕大的水晶兰。森林和牧场间大片野生的田埂上怒放着顽强的金雀枝，明黄的花闪耀着火焰般的光芒。接着是紫红色长长的石楠，接着是牧场本身。大部分野花在第二茬收割前就挺立起来，满是色彩斑斓的泡沫草、康乃馨、鼠尾草和葶苈子。燕雀在落叶林中不停地歌唱。狐红色的松鼠在冷杉林的树梢上奔窜。绿色的蜥蜴在温暖的溪谷、墙壁和干沟边惬意地呼吸着，闪烁着。草地上，蝉鸣高亢而响亮，不绝于耳，永不疲倦。

每年的这个时候，小城都像极了乡村。街道和空气中全是干草车、干草垛散发的气味，四处充斥着磨镰刀的响声。要不是因为有两家工厂，人们真会以为自己生活在村里。

假期头天一大早，不等老安娜起床，汉斯就迫不及待地站在厨房里等着喝咖啡。他帮忙生火，又从盆里取出面包，快速喝下兑了鲜奶而冷却的咖啡，揣起面包，跑出家门。他在铁路的堤坝上停下来,从裤兜里掏出一个圆铁盒,开始忙着捉蝗虫。火车驶过他身旁——并非呼啸而过,而是因为线路陡峭而从容舒缓地爬行着。所有车窗都开着,乘客寥寥无几,车后飘扬着一面长而欢快的、由烟雾和蒸汽交织的旗帜。他目送火车远去,望着翻腾的白雾迅速消散在清晨明媚的阳光中,清新的空气中。他多久没见过这一切了!他深吸了口气,似乎想重拾失去的美好时光,再做一次无忧无虑的小男孩。

带着那盒蝗虫和那根新鱼竿,他过了桥,穿过花园,来到高尔斯贡本,河水最深的地段。他难掩激动的心情,满怀隐秘的喜悦和狩猎的欲望。高尔斯贡本这里有一个地方,可以更舒适、更不受干扰地靠在柳树干上钓鱼,别处都比不上。他解开鱼线,挂上一小粒铅锤,又毫不手软地将一只肥大的蝗虫刺在鱼钩上,随后奋力将鱼竿甩向河中央。熟悉的老游戏开始了:小鳊鱼成群结队地围着鱼饵游来游去,试图将鱼饵从鱼钩上叼下来。蝗虫很快被吃光,于是第二只蝗虫现身了,接着又一只,第四只,第五只。汉斯愈发小心地将蝗虫挂到钩上,最后又上了一粒铅锤，加重鱼线，终于，有条像样的鱼游来试探鱼饵。他轻拉一下，又松开，再试一次，鱼咬钩了——有经验的钓手总能通过鱼线和钓竿在指间的抽动感觉得到！汉斯巧妙地一抖，开始谨慎地收线。这条鱼向下坠着，而当它不得不浮出水面时，汉斯从它宽大的身体，通体白黄色的光泽，三角形的头部，尤其是它美丽的肉红色的腹鳍中，一眼认出它是条斜齿鳊。它有多重？还不等他仔细估量，这条鱼就忽然绝望地一击，惊恐地在水面上打了个旋，挣脱了钓钩。汉斯仍可看见它在水中转了三四圈，随后像道银色的闪电，消失在深水中。它咬钩咬得不紧。

脱钩的鱼警醒了垂钓者狂热的狩猎之心。他的目光变得更坚毅、更专注，紧盯着细细的褐色钓线和水面相交的地方。他的脸颊泛着红，动作紧凑、利落、果断。第二条斜齿鳊咬钩、上钩后，他又钓上一条小鲤鱼，小得几乎让人觉得钓上它有些可惜。随后是三条克雷策鱼。钓到克雷策鱼尤其让他欢喜，因为父亲最爱这种鱼。这种鱼最多不过巴掌大，鱼体肥胖，鳞片细小，大头上长着滑稽的白须，小眼睛，腹部细长，颜色介于绿色和棕色之间，上岸后则变成铁蓝色。

太阳已在钓鱼的当儿升起来,上堰的浮沫闪着雪白的光,水面上抖动着温柔的空气,只要抬头,就看得见穆克堡上空几朵手掌大小的耀眼的云。天气越来越热了,而再没什么比几朵小小的祥云更能表达纯净的仲夏日温暖的神色。它们安静地悬浮在蓝天中,不上不下,洁白无瑕,光芒炫目,让人不忍久视。无论在蔚蓝的天空下,还是波光粼粼的河面上,如果没有云,人们甚至常常意识不到天气的炎热,而一旦看到正午那几朵白沫般鼓成一团的云,就立即会感觉到阳光灼人,想赶紧找个阴凉处纳凉,并用手背抹一抹汗津津的额头。

汉斯渐渐松懈了对钓竿的关注,他有些累,更何况中午时往往钓不到鱼。白鱼,即使是最老最大的白鱼,也会在这个时候浮上河面晒太阳。它们做梦般游向上游,黑压压一片,紧贴水面,有时又会无缘无故突然受惊似的散去,却绝不会在这会儿咬钩上钩。

他将鱼线挂在柳枝上,任它垂入水中,自己则坐到地上,眺望绿色的河流。鱼儿慢慢游上来,漆黑的背影一个个浮现——它们安心悠然地游着，被温暖诱惑着，陶醉其中。在这样的水里，它们想必十分惬意吧！于是汉斯也脱下靴子，脚伸进水里，水面上水温微热。他瞧着自己钓的鱼，它们正在一个大水桶里一动不动地浮着，不时轻轻溅起水花。它们真美啊！白色、棕色、绿色、银色、哑金、蓝色，各种颜色伴随着它们的每个动作，在它们的鳞片和鳍上闪闪发光。

周围真安静，几乎听不到马车过桥的声音，就连磨坊里的嘎嘎声也非常轻柔，只有白色的堤堰处传来有节奏的温和的潺潺声，平静、凉爽、令人昏睡，还有河水流经筏桩发出的温柔的拍击声。

希腊文、拉丁文、语法和修辞、算术和背诵，以及漫长喧嚣的一年中所有熬人的奔忙，都悄无声息地沉入这慵懒温暖的时光中。汉斯有些头痛，却不像往常那么严重。无论如何他又能坐在水边，看着撞到堰上四散的泡沫，又能眯眼盯着鱼线，而他身旁的水桶里游着钓上来的鱼。这一刻多么珍贵啊！这时他忽然想起自己已通过了州试，还得了第二名，不由得双脚拍击河水，双手插进裤兜，吹起口哨来。他其实吹不出什么调子，这让他苦闷了许久，还为此受够了同学们的嘲笑。他只能从牙缝中吹，声音又轻得不得了，但这对眼下足够了，现在没人听得见。他们这会儿正坐在教室里上地理课呢，自由自在、逍遥快活的人只有他一个。他超越了他们。他们位居其下。他们折磨得他够苦了，除了奥古斯特，他跟他们哪有什么友谊，而在他们的吵闹和嬉戏中，他也没获得过任何快乐。那么，现在，他们只有羡慕的份儿。这群可怜的狗，这群蠢货，他根本瞧不起他们，甚至一想到他们，连口哨都无法继续吹下去，只能撅起嘴。他收起柳枝上的鱼线，忍不住笑了，鱼钩上连一丝残存的鱼饵也没剩下。他放掉了铁盒里剩下的蝗虫，它们无精打采地爬进了矮草丛。不远处制革厂午休的铃声摇响了，是时候回家吃饭了。

午餐桌上几乎没什么对话。

"钓着鱼了？"爸爸问。

"五条。"

"是吗！呐，当心，别钓老鱼，否则往后可就没鱼仔了。"

谈话到此为止。天气太热，可惜饭后不准去游泳。至于为什么？说是对身体有害——是否真的伤身体，汉斯比谁都清楚。他过去经常不顾家里的禁令，饭后去游泳。但现在不行，他已经长大了，不能再淘气了。上帝啊，考试时他们都尊称他"您"了！

不过在花园里的云杉下躺上一小时倒也不错。那里有充足的树荫，可以在树荫下看闲书或赏蝴蝶。他就这样一直躺到两点，要不是惦记着去游泳，差点儿就沉沉睡去了。现在就去浴场！浴场草地上只有几个小男孩，大一点儿的都去上学了。汉斯有几分窃喜。他慢慢脱掉衣服，下了水。他懂得如何享受冷热交替带来的快感，先游一会儿，再潜入水中，拍打水花，接着趴在岸边，让迅速晒干的皮肤感受阳光的照射。小男孩们毕恭毕敬地围着他转。没错，他现在成了名人。而他的样子确实与众不同：细长黝黑的脖子上，一颗精美的头颅，既自在又优雅。他的脸灵气逼人，双眼充满智慧。此外他非常修长、纤细，弱不禁风，无论从前胸还是后背，都数得出他的肋骨。他小腿笔直，几乎没什么腿肚。

整个下午他都在阳光和河水间来回徜徉。四点过后,他班上的大多数同学都急匆匆、吵吵闹闹地跑过来。

"哎呀,吉本拉特!你现在可好了。"

他舒服地伸了个懒腰:"这么下去,确实不错。"

"你什么时候去神学校?"

"9月才去。现在是假期。"

他故意让他们羡慕,甚至有人背后嘲笑他,唱起那首儿歌,他都无动于衷:

可惜咱不能像他,

舒尔兹·伊莎贝拉!

大白天躺在床上,

咱可没那个能耐。

他只是笑了。男孩们这会儿脱了衣服,有的一个猛子扎进水里,有的小心地在适应水温,还有的仍要在下水前在草地上躺一会儿。一个跳水好手受到大家的追捧。一个胆小鬼被人从背后推进河里,大呼救命。大伙儿追逐着、奔跑着、在河里嬉闹着,水花溅到岸边晒太阳的男孩身上。泼水声、叫嚷声此起彼伏。整个河面上,一个个白皙、湿润、赤裸的身体被阳光照得发亮。

一小时后,汉斯走了。温暖的夜色降临了,又到了鱼儿咬钩的时候。他在桥上钓到晚饭时间,却一无所获。鱼儿贪婪地追逐着鱼线,不住地吃掉鱼饵,却没有一条咬钩。他在钩上挂了樱桃,但显然太大太软。他决定待会儿再试。

吃晚饭时,他听说不少熟人曾来道喜。有人还拿来今天发行的周报。报上"官方新闻"一栏中有这样一则消息:"今年的初级神学校入学考试,本城只派出汉斯·吉本拉特一名考生。刚刚,我们愉快地获悉,他以第二名的成绩通过了考试。"

他拿好报纸,叠起来,放进口袋,没说一句话,可心里的喜悦和自豪却要爆出胸膛。随后他又去钓鱼。这回他带了几块奶酪当鱼饵。鱼儿喜欢奶酪,而且黄昏时奶酪也更容易被鱼看见。

他没带钓竿,只带了极其简易的手钓渔具。这是他最喜欢的钓鱼方式:手拿鱼线,不用鱼竿,也不用浮漂,也就是说整个钓具只有线和钩。这么做虽有些费劲儿，却也更有趣，可以控制鱼饵每次轻微的晃动，感受鱼的每次试探，每次叼鱼饵、咬钩。瞧着鱼儿拉扯鱼线，就像它们近在眼前。当然，这种钓鱼方式需要足够的经验，必须有灵活的手指和间谍般敏锐的观察力。

狭窄、深邃、蜿蜒的河谷间，黄昏总比别处来得早。桥下的河水漆黑而幽静，磨坊已亮起了灯。闲谈声和歌声飘荡在桥和巷子间。空气有些闷热，河面上不时跃出一些黑鱼。它们迅速地在空中一划，旋即又消失在水里。鱼儿们在这样的傍晚总是异常兴奋，它们来回穿梭，蹿上半空，撞上鱼线，或冒失地扑向鱼饵。最后一块奶酪用完时，汉斯已钓到四条小鲤鱼。他打算明天把它们带给牧师。

一阵暖风拂过山谷。天色渐暗，空中却仍有亮光。黑暗笼罩的小城中，唯有教堂的塔楼和城堡的屋顶黑黢黢地耸立在天空的微光中。远处恐怕下着雷雨，轰隆的雷声不时温暾地从遥远的地方传来。

十点钟上床时，汉斯的头和四肢感受到久违的放松，既疲惫又困倦。等待着他的是一长串美好而自由的日子，平静而诱人的夏日时光,无所事事,或用来游泳、钓鱼、做白日梦。唯一让他烦心的是,他毕竟没能考第一。

一大早,汉斯就拿着鱼,到了牧师家门口。牧师从书房走出来。

"啊,汉斯·吉本拉特!早上好!祝贺你,衷心祝贺你——你手里拿着什么?"

"只是几条小鱼。我昨天钓的。"

"哎,瞧你!谢谢你,赶快进来。"

汉斯走进他熟悉的书房。这里并不像间牧师的书房,闻不到花香,也没有烟味。藏书相当可观,从书脊上看,却几乎都是上着清漆或烫金的新书,而非教区图书馆中常见的那些褪色、变形,被虫蛀得满是霉斑的旧书。仔细端详,则不难从精心排序的书目书名中读出崭新的精神,一种有别于老派垂暮之辈的尊贵绅士们的精神。牧师们的书架上通常陈列着莫里克[1]在他的长诗《古塔雄鸡》中优美

---

1　19世纪德国诗人、作家。

而热忱地称颂过的虔敬歌者——本格尔、厄廷格施和泰因霍夫[1]的著作,而这些书不在此列或寥寥无几,淹没在大量的现代著作中。总之,包括室内的杂志收藏夹、立式斜面桌和摊满纸张的大书桌在内,这里的一切看上去既学术又严肃。给人一种正进行着大量研究工作的印象。的确,牧师十分忙碌,与其说他忙着准备布道、教义和《圣经》课程方面的工作,不如说是在为学术期刊撰写研究报告和文章,或为他自己的著作进行前期研究。这里禁止梦幻般的神秘主义和充满预感的沉思,同样被禁止的还有超越科学界限、以爱和同情迎合信众焦渴灵魂的天真的心灵神学。这里热衷于《圣经》研究,追寻的是对现代神学家来说顺理成章,又像鳗鱼一样从他们指缝间溜走的"历史中的基督"。

事实上神学与其他学科并无不同。一种神学是艺术,另一种神学是科学,或至少致力于成为科学。过去如此,

---

[1] 三人均为德国神学家。

今天依然如此。科学家们总是从新酒袋中漏掉陈酒[1],而艺术家们,则漫不经心地坚持着浮于表面的错误,成了为众人带来慰藉和快乐的人。这正是批判与创造、科学与艺术间古老而不对等的较量。科学和批评总是占理,却不能以此为任何人带来益处,创造和艺术则播撒信仰、爱、安慰、美和预知永恒的种子,并总能找到上好的土壤。因为生比死更有力,信仰比怀疑更强大。

汉斯第一次坐在立式斜面桌和窗户间的小皮沙发上。牧师的态度极为友好。他以同道中人的口吻描述着神学校的情况,以及他当年如何在那里生活和学习。

"你在那里学到的最重要的新知识,"他最后说,"将是《新约》的希腊文。一个充满劳作和愉悦的新世界将向你敞开大门。开始学习这门语言时,难免遇到不少麻烦,因为它不再是阿提卡[2]希腊语,而是一种新精神创造的新

---

[1] 援引《马太福音》9:17:也没有人把新酒装在旧皮袋里,若是这样,皮袋就裂开,酒漏出来,连皮袋也坏了。唯独把新酒装在新皮袋里,两样就都保全了。
[2] 希腊半岛的一个地区,雅典所在地,古希腊文化的中心。

方言。"

汉斯认真听着，并为自己正在接近真正的科学感到自豪。

牧师继续道："新世界的学究式引领方式，自然会让这门语言丧失些魅力。此外最初，学习希伯来文可能会占用你在神学校过多的时间。如果你有兴趣，我们现在可以在假期里做些准备。这样一来，到了神学校，你会乐得有时间和精力做其他事。我们可以一起读几章《路加福音》。对你来说，顺便学会这门语言，几乎不费吹灰之力。我可以借你本辞典。每天一小时，最多两小时，再多当然不行，毕竟你现在得好好休息。当然，这只是建议——我不想破坏你享受假日的好心情。"

汉斯自然同意了。尽管这节"路加福音课"，就像他自由愉快的蓝天中飘来的一朵薄云，但他不好意思拒绝。何况在假期里附带学一门新语言，肯定比平日做功课有趣。他开始对神学校要学的许多新知识，尤其是希伯来文，产生了畏惧。

他从牧师家出来，沿着落叶松小径向森林走去。他没什么不满意的，心中那点儿小小的不快也早已烟消云散。越是仔细考虑，他越是觉得牧师的建议可以接受。因为他非常清楚，要想将神学校的同学甩在身后，他必须更努力、更奋进地学习。他决定这么做。至于为什么？他自己也不清楚。三年来，他一直受到关注。老师、牧师、父亲，特别是校长，一直鞭策他，让他时刻保持警醒，不能有片刻懈怠。一直以来，从一个班级到另一个班级，他都是无可争议的佼佼者。而现在，他已逐渐将自己的自豪感放在了首位，容不下任何人撼动它。现在，愚蠢的对考试的焦虑也已经过去了。

的确，放假才是最美的事。清晨时分的森林分外宜人，除了他，没有任何一个散步的人！一棵棵云杉高耸着，搭成一座看不到尽头的青绿色拱顶长廊。林中几乎没有灌木，偶尔能看见一丛丛茂密的覆盆子，更多的是一块块柔软的、覆盖着低矮蓝莓灌木和石楠的毛茸茸的苔藓地。露水已蒸发。笔直的树干间摇曳着森林的清晨特有的闷热气息，这种闷热混杂着阳光的温暖、露水的雾气、苔藓的芬芳以及树脂、松针和蘑菇的气味。它们妩媚地缠绕着、轻微地麻醉着人所有的感官。汉斯干脆躺在苔藓上，边摘边吃身边密麻麻黑压压的蓝莓，听啄木鸟四处叩击树干，听争风吃醋的布谷鸟高声鸣叫。云杉树冠的掩映间，是一片一尘不染的深蓝色天空。远处，千万棵笔直的树干形成一堵庄严的褐色墙壁，一块块黄色的光斑散落在青苔中，温暖又耀眼。

汉斯本想好好散散步，起码要走到吕策勒农场或番红花草地。可现在，他却躺在青苔上，吃着蓝莓，懒懒地望着天。他开始暗自纳闷，为什么自己会这么累。从前步行三四个小时对他来说根本不算什么。他决定打起精神，走一段路。可刚走了几百步，不知怎么的，他又躺在青苔上休息。他一直躺着，眼睛眨也不眨地瞧着树干、树梢和绿色的草坪。这森林里的空气竟叫人如此疲惫！

中午回到家时，他有些头疼，又因林间小路的阳光太刺眼，眼睛也疼。他在家呆呆坐了大半个下午，直到泡了个澡才重新振作起来。现在该去牧师家了。

路上，坐在作坊窗边三脚凳上的鞋匠弗莱格看见了他，叫他过去。

"去哪儿,好孩子?最近怎么总没遇见你?"

"这会儿我得去牧师家。"

"还要去吗?考试已经结束了,不是吗?"

"是的,眼下要学些别的,学《新约》。因为《新约》是用希腊文写的,不一样的希腊文,所以我得学。现在就去学这个。"

鞋匠将便帽推到脑后,思虑着皱起眉头,宽大的前额上堆叠着深深的皱纹。

"汉斯,"他轻声说,"我得和你谈谈。你之前要考试,所以我没说。可现在,我得提醒你。你必须清楚,这位牧师是不信神的。他肯定会告诉你,甚至愚弄你,说《圣经》上说的是假的,是捏造的。你要是跟他学《新约》,也会糊里糊涂地丢掉信仰的。"

"可是,弗莱格先生,我学的只是希腊文,以后在神学校也是要学的。"

"话虽如此。跟虔诚博学的先生研习《圣经》,还是跟一个不信神的人学,可是两码事。"

"是的,可是谁知道他是不是真的不信神呢?"

"他不信,汉斯,不幸的是,大伙儿都知道。"

"那可怎么办?我已经跟他说好了,还是要去的。"

"说好了确实要去,是这么回事。不过最好别经常去。要是他说什么《圣经》是人为杜撰的,而非圣灵启示的。那么,你可得来找我,咱们好好聊聊。你愿意吗?"

"好的,弗莱格先生。不过,事情不会那么糟的。"

"拭目以待吧。记住我说的话!"

牧师还没回家,汉斯只好在书房等他。他浏览着书架上烫金书脊上的书名,不由想起鞋匠师傅的话。有关本城牧师和新派神职人员类似的议论,他过去也听过不少。可今天,他头一回感到自己正好奇而兴奋地被这件事吸引。对他来说,这件事当然不像鞋匠说的那么重要和恐怖,相反,他觉得这是他探索古老而巨大的秘密的机会。上学的头几年,关于上帝的临在、灵魂的去向、魔鬼和地狱等问题,偶尔会让他激动不已,产生奇思妙想,但在过去几年紧张刻苦的求学日子里,这一切被逐渐淡忘。书本上的基督信仰,只有在他偶尔与鞋匠交谈时才被唤醒,焕发出一些独特的生命。想到自己拿弗莱格和牧师相比,他不禁笑了。鞋匠的固执，他在苦日子里练就的坚定信念，男孩无法理解。再说，弗莱格虽然聪明，却是个简单片面的人。许多人嘲笑他"愚信"。在虔信派教友会上，他既是个强大的《圣经》阐释者，又时常充当严厉的仲裁教友的教会法官角色。他在周围的村里没少主持祈祷会，但除此之外，他不过是个小手艺人，和其他人一样目光短浅。反观牧师，他不仅是个干练的、能言善道的人，一位传教士，还是位勤勉严谨的学者。怀着敬畏的心情，汉斯仰望着书架上的藏书。

教区牧师很快回来了。他脱下小礼服，换上轻便的黑色居家服，递给学生一本希腊文版《路加福音》，要求他阅读。这与之前的拉丁文课截然不同。他们对照逐字翻译的译文，只读了几句，老师就娴熟地挑出几处不引人注意的字句作为例子，动人地阐释这种语言独特的精神，讲述福音书的创作时间和方式。一堂课下来，孩子对学习和阅读有了全新的观念。汉斯隐约领悟到，每一行诗都潜藏着谜团，每一个字都有它的使命，明白了自古以来，成千上万的学者、思想家和研究者如何致力于理解其中道理。他似乎觉得，就在此刻，他自己也被纳入了探求真知者的行列。

他借了一本辞典和一本语法书，回家后又整整学了一晚。他现在意识到，踏上真正的研究之路，要付出许多努力，翻越许多知识的高山。他已准备好艰难跋涉，绝不功亏一篑。鞋匠被暂时遗忘了。

几天来，新的认知完全占据了他生活的重心。他每晚都去牧师家上课，每一天他都更多地发现，真正的求知是多么美好，多么艰难，又多么值得为之努力。除了早上去钓鱼，下午去浴场游泳外，他很少出门。他的雄心曾在考试的忧惧和随后获胜的兴奋中覆没，而今它再次苏醒，令他久久难以平静。与此同时，过去几个月经常出现的奇特感觉，又开始在他的头脑中活跃起来——不是头痛，而是由急于求胜的冲动萌发的令脉搏加速、心绪激昂的力量，一种急切而狂热的前进欲望。当然，随之而来的便是头痛，但只要这奋进的激情持续着，阅读和学习的速度就如狂风暴雨般迅捷。他轻松地阅读平日花一刻钟才能理解的色诺芬繁复的句子。他几乎不用辞典，而是以敏锐的理解力，就能迅速而欢快地一页页通读艰深的文章。高涨的学习热情和求知欲，激发他豪迈的自信心，仿佛学校、老师和上学的日子已离他远去，而他已在自己的路上，向着学识和才能的巅峰跋涉。

这种奇特的感觉多次袭来，同时他睡得很浅，断断续续，时常伴着奇怪而清晰的梦境。晚上，当他因轻微的头痛醒来，再无法入睡时，占据他的是急于求成的焦躁。想到自己已远远超过了其他同学，想到老师和校长将以尊重甚至钦佩的眼光看待他，他就立即产生一种强烈的自豪感。

校长看着他亲自唤醒、引导的雄心壮志正在茁壮生长，内心暗自喜悦。我们不能说教书先生没有感情，是僵化的、丧失灵魂的老夫子。哦，不！当为师者看到一个孩子久未显露的天分迸发出来，看到一个孩子放下木刀、弹弓、弓箭或其他幼稚的玩意儿，看到他开始努力上进，看到认真学习如何将一个毛手毛脚的小胖子，变成一个精致、严肃、近乎苦行僧式的男孩，看到他的脸变得更老成、更有灵性，他的目光变得更深邃、更目标明确，他的手变得更安分、更白皙、更沉静，为师者的灵魂便会爆发出由衷而自豪的笑声。他的职责和国家托付的使命，就是驯服和铲除少年天性中的原始力量和源于自然的粗鄙欲望，并在原处栽植拘谨、慎重和国家认可的理想。倘若没有学校的这般努力，当今不知有多少心满意足的公民、志向远大的公务员，会变成草率鲁莽的革新者或一事无成的梦想家！这些人身上野蛮的、没规矩的、没文化的东西，必须被连根拔去，危险的火苗必须先行扑灭。人，受造于自然，不可揣度，讳莫如深，充满敌意。人是未知的山峰倾泻的洪流，是一片没有道路和秩序的原始丛林。正如丛林必须被砍伐、被整顿、被严加管制，学校也必须摧毁、战胜和强行规训自然人。学校的任务是按照当局批示的原则，将学生塑造成社会中有用的一员，开发他们身上的品质，而这些品质的充分培育最终在兵营式的精心管教中登峰造极。

小吉本拉特的成长是多么顺利啊！他几乎主动放弃了闲逛、玩耍，上课时也早已不再傻笑。他还戒掉了园艺、养兔子和烦人的钓鱼。

一天晚上，校长先生亲自光临吉本拉特家。他先是礼貌地摆脱了受宠若惊的父亲，随后走进汉斯的房间。看到汉斯正坐在桌前读《路加福音》，他热情地跟他打招呼。

"真好啊，吉本拉特，又在用功呢！可你怎么一直没露面呢？我每天都在等你。"

"我本想去的，"汉斯抱歉地说，"可我想，至少得给您带条好鱼。"

"鱼？什么鱼？"

"哦，鲤鱼一类的。"

"原来如此。这么说，你又去钓鱼了？"

"是的，钓了点儿。父亲允许的。"

"这样。钓鱼给你带来很多乐趣吗？"

"是的，是的。"

"好，非常好。假期是你努力赢得的。想必你现在没多大兴趣，顺便再学些什么？"

"哦不，校长先生，我当然想学。"

"我并不想强迫你做你没兴趣的事情。"

"我有兴趣。"

校长深吸了几口气，摸了摸稀疏的胡须，在椅子上坐下来。

"听着，汉斯，"他说，"事情是这样的。过去的经验告诉我们，州试考出优异的成绩后，随之而来的时常是松懈，或学业上的退步。我们知道，在神学校，你将接触些新科目。那些在开学前做足准备的学生——他们往往州试成绩一般——将迎头赶上，成绩突飞猛进，淘汰掉那些在假期中安享荣誉的学生。"

他叹了口气。

"在咱们学校，你总考第一，轻而易举。但在神学校，你会发现，其他同学也很有天分或非常用功。他们不会随便让别人超过自己。这一点，你能明白吗？"

"明白。"

"所以我想建议你，假期里最好提前做些准备。当然，要适度！你现在有权利，也有义务好好休息。我想，每天学习一两个小时是恰当的。如果不准备，很容易节外生枝，随后要花几周时间才能重回正轨。你觉得对吗？"

"我特别赞同，校长先生，如果您愿意帮我……"

"很好。在神学校,除希伯来文外,荷马会特别为你开启一个新世界。如果我们现在就打下坚实的基础,你将在未来的阅读中获得双倍的乐趣,理解得也更深刻。荷马的语言,古老的爱奥尼亚方言,连同荷马的韵律,都极为独特,堪称独一无二。要想真正欣赏这些史诗,就必须做到缜密、勤奋。"

当然,这个新世界,汉斯也很愿意去闯一闯。他承诺竭尽全力。

"麻烦还在后头。"校长清了清嗓子,亲切地继续说,"坦率地讲,我还希望你能专门上几节数学课。你的计算能力不差,但到目前为止,数学还不是你的强项。在神学校,你将开始学习代数和几何,先预习几节课,一定是有益处的。"

"好的,校长先生。"

"你知道,我那里随时欢迎你。帮助你有所成就,是我义不容辞的责任。但说到数学,你得去求你父亲,让他同意你去教授先生那里个别辅导,每周上三到四节课就够了。"

"好的,校长先生。"

现在,学习一事又迎来了它愉快的巅峰时刻。假如汉斯去钓鱼,或闲逛一小时,他会感到良心不安。而那位舍己为人的数学教授,通常选择游泳的时间上课。

尽管汉斯非常勤奋,但他并不觉得上代数课有什么乐趣,相反,他感到苦不堪言。炎热的午后,他不能躺在浴场的草地上,而是走进教授闷热的房间,在布满灰尘、蚊虫嗡嗡的书房里,头昏脑胀、嗓子冒烟地念着 $a$ 加 $b$ 和 $a$ 减 $b$。空气中尽是令人窒息和极度压抑的东西,这些东西在糟糕的天气又变为惆怅和绝望。学数学的时候,他总有奇怪的感觉。他对数学并非一窍不通,或完全无法理解。有时他甚至能想出最好、最巧妙的解题方式并乐在其中。他喜欢数学的原因在于,数学中没有混乱或含糊的表达,不会偏离题目,或介入具有欺骗性的旁支问题。出于同样的原因,他也喜欢拉丁文,因为拉丁文清晰、肯定、不模棱两可,几乎不存在歧义。但即使他能解对所有数学题,也无法寻得拨云见日般的结论。在他看来,做数学作业和上数学课,就像走在平坦的乡间小路上,一路向前,每天都能明白些昨天尚未明白的问题,却永远也攀不上令人豁然开朗的高山。

相比之下,校长的课更为活泼生动。尽管城里的牧师更懂得如何将《新约》中蜕化的希腊文,讲解得比朝气蓬勃的《荷马史诗》更华丽、更有吸引力,但荷马毕竟是荷马。克服了最初的阅读困难后,收获的是意想不到的惊喜和愉悦。它不可抗拒,诱人继续读下去。汉斯常常在面对神秘悦耳又难以理解的诗行时,迫不及待地翻开辞典,渴望找到开启那座幽静又生机盎然的花园的钥匙。

作业也随之多得难以招架。有些晚上,他不得不又坐在桌前,硬着头皮完成作业,直至深夜。父亲吉本拉特看见儿子如此勤奋,不免为此骄傲。在他愚笨的头脑中,暗自驻扎着许多狭隘的平庸之辈的理想。他看到家族的树干上长出了一根枝条,这根枝条生长得如此茁壮,高度远远超越了他自己,这让他不得不肃然起敬。

假期的最后一周,校长和牧师突然对汉斯异常宽厚体贴。他们停了课,让孩子去散散步,并强调以崭新的精神面貌投入新的学习生活是多么重要。

汉斯又去钓了几次鱼。他头疼得厉害,坐在河岸边,完全没注意到河水已倒映着初秋淡蓝色的天空。他想不明白,自己当初为何那么盼着暑假,现在他反而庆幸暑假结束,他要去神学校开始完全不同的生活和学习了。由于心不在焉,他几乎再没钓到过鱼。有一回父亲拿这事奚落了他几句,他索性不去钓鱼了,将鱼线又放回阁楼的壁柜里。

直到最近几天,他才突然想起,自己已经几个星期没去过鞋匠弗莱格家了。他现在也并不想去,可不得不强迫自己去看看他。那是个傍晚,鞋匠坐在客厅的窗前,膝上各坐着一个小孩。尽管窗户开着,但屋子里还是飘着皮革和鞋油的气味。汉斯不好意思地伸出手,握了握鞋匠坚实宽大的右手。

"呐,你怎么样?"鞋匠问,"常去牧师那里?很用功?"

"是的,每天都去。学了不少。"

"学了些什么呢?"

"主要是希腊文,但也学些别的。"

"所以你就不愿意来我这儿了?"

"想来的,弗莱格先生,可我一直来不了。每天要去牧师家上一小时课,去校长那里上两小时,每周还得去数学老师家上四次课。"

"上这么多课?假期?简直胡闹!"

"我不清楚。老师们的意思是要上课。再说学习对我来说也不是难事。"

"或许吧。"弗莱格说着,抓住男孩的胳膊,"学习倒是对的,可你瞧你这两条胳膊,都瘦成什么样了?脸也瘦得不像话。头还疼吗?"

"有时还疼。"

"真是胡闹,汉斯,简直是作孽!你这个年龄需要新鲜的空气和运动,需要好好休息。否则为什么给你们放假呢?难不成是为了将你们继续圈在书房里读书学习。你看看,你都瘦得皮包骨头了。"

汉斯笑了。

"好吧,你会咬牙挺过去,但记住,过犹不及。那么,牧师那里的课上得怎么样?他说了些什么?"

"说了不少,不过他倒是没说什么不好的。他知道得可真多啊!"

"他从未说过对《圣经》不敬的话吗?"

"没有,一句也没说过。"

"这很好。但我必须告诉你:宁愿肉体毁灭十次,也不能让灵魂受到丝毫侵害!以后,你是要做牧师的。这一尊贵又艰巨的职务需要的人不同于大多数年轻人,或许你正是合适人选。有朝一日,你将成为灵魂的助佑者和导师。我衷心祝福你,为你祈祷。"

他站起身,双手坚定地按在男孩的肩膀上。

"再见了,汉斯,保重!愿主赐福你,保佑你,阿门。"

庄严肃穆的气氛和这番特意用标准德语颂出的祷词,让男孩感觉沉重和尴尬。教区牧师在告别时可没做过任何类似的事。

最后的几天在准备和告别的不安中匆匆逝去。一个装有被褥、衣物、换洗内衣和书籍的箱子已先行寄出,随身的行李也已备好。那是个凉爽的清晨,父子俩动身,前往毛尔布隆。这种感觉既奇特又压抑——离开故乡,离开家,搬去一个陌生地方。

# 第三章

毛尔布隆是一所大西妥会修道院,位于本州西北部,坐落在林木繁茂的丘陵和几处宁静的小湖泊间。美丽的古建筑群分布广阔、建造坚固、保存完好,是一处诱人的居所——因为它无论内外都富丽堂皇,几个世纪以来,与静谧苍翠的周遭和谐亲密地共度时艰。参观修道院的人首先要穿过一道开在高墙上、风景如画的大门,步入宽阔安静的广场。广场上奔涌着喷泉,林立着苍劲的古树,两侧是历史悠久的牢固石屋。广场的背景是一座雄伟的主教堂正面和一个被称为"天堂"的晚期罗马式前廊,其优雅迷人的美无与伦比。教堂巍峨的顶部耸立着一座针尖形滑稽的小钟楼,让人不禁纳闷,它究竟何以承载那口洪钟。完好无损的十字回廊本身就是件艺术品，中央镶嵌着璀璨的宝石——珍贵的喷泉小教堂。修士斋堂的十字拱顶雄伟高贵，构成一个奇妙的空间。祈祷室、会客厅、平信徒斋堂、修道院院长的居所和两座教堂紧密相依。瑰丽的围墙、凸窗、门洞、小花园、磨坊和一些住宅，以一种舒适而欢欣的方式，花环般围绕在巨大的古建筑四周。宽阔的广场幽静空旷，仿佛在与树影的嬉戏间沉入梦乡。唯有午饭后一小时的光景，才流露出短暂的生机：一群年轻人从修道院出来，四散在开阔的空地，为这里带来些许律动、呼喊、交谈和欢笑。他们偶尔玩着球，一小时后，又迅速消失在围墙后，无影无踪。在这个广场上，许多人都曾思索过，对于生活和欢愉来说，这里是绝佳场所，这里该生长出生动活泼、令人欣喜的东西，成熟善良的人们该在这里推想他们可喜的念头，创作他们盛美而明丽的诗篇。

　　在政府的精心呵护下，这座藏于群山和森林背后、神圣而隐遁避世的修道院，由新教神学校的学生们享有，以便这群易受熏陶的、聪慧的年轻人被优美和肃穆环绕。与此同时，年轻人还可以在这里远离城市的喧嚣和家庭的干扰，免受外界的影响和世俗生活的戕害。在这里，年轻人多年来将研读希伯来文、希腊文以及所有相关科目，视作严肃的生活目标，将年轻灵魂的全部欲望转向纯洁而理想化的学习和享受中。此外寄宿生活中必要的自我教育和共同归属感也是重要因素。政府承担了神学校学生们的生活费和学费，以确保孩子们能心无旁骛地致力于成为英才，并在日后的任何时候，都能因这种出色的精神被辨识出来——一个精致可靠的烙印，一个富有深意的自愿为奴的标识——排除因各种原因脱队的"野孩子"，每个施瓦本神学校的学生，终生都可因着这个烙印和标识脱颖而出。人与人的差异本是多么巨大，人在成长的过程中，环境和境遇的差异本是多么巨大！然而政府以一件"精神制服"或"仆役服"，公平而彻底地均摊了他的门徒们身上的差异。

那些在母亲的陪同下，初次踏入修道院神学校的孩子们，毕生都会怀着感激的心，微笑着怀想最初难忘的日子。然而汉斯·吉本拉特不在此列，他心境散漫，只是那些母亲给他留下了奇特印象。

装有壁柜的大走廊，即所谓"学生宿舍"里，堆满了箱子和篮子。男孩们在父母的陪同下，忙着打开和规整自己的行李。每个人都有一个带编号的柜子。书房中，每个人都有一个带编号的书架。儿子们和父母们蹲在地上拆包，舍监则像位侯爵闲庭信步，不时给出善意的建议。从行李中拿出的衣服要摆放整齐，衬衫要叠好，书本要堆放一处，靴子和拖鞋要摆成一排。每个人都配备了相同的用具，因为入学规章中注明了至少要带几件换洗衣物、多少生活必需品。盥洗室里摆好了刻有名字的白铁脸盆，旁边放着海绵、肥皂碟、梳子和牙刷。每个人还带来一盏灯、一个煤油壶和一套餐具。

孩子们兴奋地忙碌着，父亲们微笑着有意搭把手，却又颇感无趣。他们不时掏出怀表看，试着撒手不管。整理工作的灵魂人物是母亲们。她们一件件拾起外衣和内衣，抚平褶皱，系紧缎带，仔细尝试整齐实用的将衣物摆进衣柜。同时，她们也不忘嘱咐、劝诫和温存的抚慰。

"要特别爱惜这些新衬衫。它们可是花了三马克五十芬尼呢。"

"脏衣服每四周托运回家一次——着急的话就邮寄。记得黑礼帽只在礼拜日戴。"

一位胖胖的母亲愉快地坐在高高的箱子上，教儿子缝纽扣。

"如果想家了，"另一处传来殷切的叮咛，"就给我写信，想了就写。好在离圣诞节不算太远了。"

一位相当年轻漂亮的母亲，打量着宝贝儿子塞得满满的衣柜，爱抚着一叠叠内衣、外套和裤子，随后开始抚摸孩子——一个宽肩膀、面颊红润的男孩。男孩害羞了，难为情地笑着将双手插进裤兜，以免显得稚气。看上去比起他，告别对母亲更为艰难。

另一些男孩则恰恰相反。他们茫然无助地看着忙碌的母亲，似乎更想跟妈妈一起回家。然而在所有男孩心中，对告别的恐惧和温柔依恋的强烈情感，都正在与面对旁观者的羞怯和初次萌发的男子气进行着艰难斗争。有些人本想哭，却装出满不在乎的样子，似乎什么都没发生。母亲们则对此付之一笑。

除了必需品外，几乎每个人都从箱子里取出些奢侈品:一小袋苹果、一根熏肠、一篮糕点等。许多人还带了溜冰鞋。一个个头不高的机灵鬼尤其引人注目,他大模大样地拿出了带来的一整条火腿。

哪些男孩直接从家里来,哪些男孩曾在寄宿学校或寄宿家庭生活过,一看便知。但即便是后者,脸上也写着兴奋和紧张。

吉本拉特先生在帮儿子打理行李方面既聪明又务实。比起大多数家长,他更快地拾掇完毕,和汉斯一起无聊又无措地站在大宿舍里东张西望:父亲们在敦促和说教,母亲们在安慰和嘱咐,孩子们焦虑地听着——他也想给汉斯来几个能让他在人生旅途中铭记于心的金句。他考虑良久,在一言不发的男孩身旁苦思着踱步,随后突然说出一串名人格言录中庄重的套话。汉斯吃惊地默默听着,直至看见站在身旁的牧师被父亲的训词逗笑。他羞愧难当,将演讲者拉到一旁。

"所以说,你要为家族争光,听前辈的训诫,不是吗?"

"是,当然。"汉斯说。

父亲说完后，长舒口气，随后又觉得无聊透顶。就连汉斯也相当失落，怀着不安的好奇心，透过窗子望向楼下寂静的回廊。回廊老派隐匿的庄严肃穆与楼上嘈杂的青年生活形成奇特的对比。随后他开始羞涩地打量忙碌的同伴。他一个也不认识。尽管那位在斯图加特遇见的同学精通哥平根式拉丁语，但他似乎并没通过考试，至少汉斯没在任何地方看到他。他没多想，而是继续看着自己日后的同窗。所有男孩带的用品类别和数量大致相同，但还是很容易区分出城里人和农家子弟、富人和穷人。当然，有钱人的儿子很少来神学校。一是出于父母的傲慢或远见，二是也取决于孩子的禀赋。然而无论如何，许多教授和高官为了纪念自己的修道院岁月，还是愿意将他们的孩子送到毛尔布隆。可以看出，四十名学生身上穿的黑礼服，面料和剪裁各有不同，而年轻人在举止、口音和行为上的差异则更大。瘦弱的黑森林人，笨手笨脚，四肢僵硬。粗壮的阿尔卑斯山民，桔梗色金发，阔嘴巴。灵活的平地人，举止自由，活泼开朗。精致的斯图加特人，穿着尖头的及膝皮靴，操着被宠坏的"高雅"方言。在这群年轻人中，大约五分之一戴着眼镜。其中有个弱不禁风、近乎优雅的斯图加特人,一看就是妈妈的宝贝。他戴了顶笔挺的细毡帽,鹤立鸡群,却不知他这顶不寻常的帽子此刻、第一天,就激起了同伴中的大胆鲁莽者日后戏弄他,甚至向他施暴的欲望。

敏锐的观众一定不难发现,这群胆怯的后生不失为全国年轻人中的佼佼者。除了那些老远就认得出的"纽伦堡漏斗"[1]栽培出的普通头脑外,他们中不乏俊秀或倔强的少年。在他们光滑的前额后,更为崇高的生活还在半梦半醒之间。或许早已有几个机敏顽强的施瓦本人在大千世界中崭露头角。他们枯燥而顽固的思想,已成为崭新而强大的体系核心。因为施瓦本地区不仅为本地和世界输送有修养的神学家,同时还自豪地拥有悠久的哲学思辨传统。这里曾涌现出几位著名的先知,甚至异端邪说分子。尽管这片硕果累累的土地早已将其伟大的政治传统抛诸身后,如今

---

1 该词戏谑地形容了机械的学习和教学方式。它指学生几乎不必自主思考,就能通过"漏斗"的灌输掌握学习内容。而教师可以通过"漏斗",教会任何学生任何东西,无论其智力和学习能力如何。

像只无害的雏鸡,依傍在锋锐的北方雄鹰[1]身旁,但至少在精神领域的神学哲学方面,仍持续地对世界产生稳固的影响。此外,这里的居民自古热爱格律优美、如梦似幻的诗歌,历史中不时涌现不俗的韵文家和诗人。当然,新近,这些诗歌的价值也已大不如前,因为在诗歌方面,我们的北方兄弟也占了上风。他们认为南方语言不雅,并用他们更犀利的舌头定下了诗的基调,时而歌颂泥土的芬芳,时而歌颂柏林的时髦,其潇洒果决的本色远远胜过我们过时的诗琴。遗憾的是,无论在这里还是在他处,我们都不可能对此加以反抗,更不可能清除那些高傲的柏林人身上新生的铜锈。我们更乐于各得其所:对我们施瓦本人来说,我们有古老的斯陶芬[2],那里有几处辉煌的古代遗迹,长眠在寂静的森林中,做着未尽的梦。而对其他人来

---

1 指普鲁士。
2 指霍亨斯陶芬家族。从11世纪到13世纪,该家族曾出过几位施瓦本公爵、罗马-日耳曼国王和皇帝,其中最重要的是腓特烈一世、亨利六世和腓特烈二世。

说，他们有他们的索伦[1]。那里平整干净得令人发指的马路上，驶过一门门闪闪发光的大炮。两者都有可取之处。

表面看来，毛尔布隆神学校的设施和风俗没有丝毫施瓦本地区的特色，相反，除了修道院时代遗留的拉丁文名称外，新近还贴上了许多古典标签。例如分配给学生们的寝室分别叫广场[2]、海伦[3]、雅典、斯巴达、卫城[4]，而最小也是最后一间寝室，则被称作"日耳曼尼亚"[5]。这似乎表明，人们有理由尽可能将当下的日耳曼视为古希腊罗马的幻象。但这不过是表面现象而已，事实上，用希伯来名字命名可能更为妥帖。或许纯粹出于有趣的巧合，"雅典"里住的不是最心胸宽广、最能言雄辩的人，而是住了些守本分的无聊之辈。"斯巴达"里住的也不是勇士和苦行僧，

---

1 指同样历史悠久的霍亨索伦家族。此处指执掌当时德意志第二帝国的霍亨索伦家族皇帝威廉二世的所在地柏林。
2 指罗马帝国城市中的广场，是当地政治、法律、经济和宗教中心。它在很大程度上与希腊语中的"agora"相对应。
3 希腊的古称。
4 指雅典卫城。
5 日耳曼或德意志帝国的象征。

而是住着一小撮活泼不羁的旁听生。汉斯·吉本拉特和九名同学一起，被分配到了"希腊"。

那天晚上，当他第一次和其他九人一起走进冷清空荡的宿舍，躺在狭窄的学生床上时，心里不免感到几分异样。天花板上吊着盏大油灯，就着红光，大伙儿脱了衣服。十点一刻，舍监进来熄了灯。他们一个挨一个躺着，两张床间搁着把小椅子，上面放着脱下的衣服，柱子上拴着拉晨钟的绳子。有两三个男孩已互相认识，他们怯生生地低语了几句，随后悄无声息。其他人彼此尚且陌生，个个有些沮丧，挺尸般安静地躺在床上。已经睡着的人发出沉重的呼吸声。没睡安稳的动了动胳膊，弄得亚麻毯子簌簌响。醒着的则一动不动。汉斯久久无法入睡。他听着两位邻床人的呼吸，过不多时，又听到隔床发出一阵奇怪的、令人担忧的躁动：有人在哭，用毯子蒙着头。低声的啜泣仿佛打远处传来，触动了汉斯的心。他虽然并不想家，但想到家里那间安静的小屋，心里不免难过。此外，他对未知的新生活和众多新同学感到隐约恐惧。午夜时分，房里再没人醒着了。男孩们沉沉睡去，并排躺着，脸颊贴在条纹枕头上，悲伤又倔强，勇敢又畏惧。他们被同样甜美的、同样坚定的休憩和遗忘征服了。

一轮苍白的半月高悬在天上，月光照亮了古老的尖顶、钟楼、凸窗、高塔、垛口和拱廊，萦绕在飞檐和门槛上，流淌在哥特式窗户和罗马式大门上，在回廊喷泉高贵的基座里闪着浅金色的光。

透过三扇窗，一抹淡黄色的条纹和光斑洒进"希腊"宿舍，与沉睡的男孩们的梦境为邻，就像它们当初与修士们的梦境为邻一样。

次日，隆重的入学仪式在小礼拜堂举行。老师们身穿礼服站成一排，校长致辞，学生们思虑重重地缩坐在椅子上，偶尔想回头偷看坐在后排的父母。母亲们微笑着，含情脉脉地望着自己的儿子。父亲们挺直腰板，专心听校长讲话，神情严肃、坚定。他们胸中涌动着自豪赞美之情和美好的憧憬。此刻，他们中想必没人想过，他们今天把自己的孩子卖给了国家，以换取金钱和利益方面的好处。最后，学生们一个个被点名，走上前，与校长握手，被接纳入学并被郑重承诺：从今往后，只要他们表现良好，他们的余生将由国家来赡养和安置。至于这一切是否能白白获得，没有人比父亲们想得更多。

与父母道别的一刻气氛更严肃，更令人动容。有的父母步行离去，有的搭乘邮车，有的则匆忙乘坐各种赶得上的车辆，消失在儿子们呆望的视线中。母亲们的手帕在9月温暖的空气中久久挥舞着。最终，森林接纳了离去的父母。儿子们则安静而深思着回到修道院。

"好了，你们的父母已经回去了。"舍监说。

现在他们开始互相打量，互相认识。首先是同宿舍的同学。他们一边往墨水瓶里装墨水，往油灯里灌油，整理书本和练习册，试着在新家安顿下来，一边好奇地彼此看着，开始交流，互相询问老家在哪里，以前上过的学校，以及回顾他们共同经历的那场闷热艰辛、挥汗如雨的州试。他们三三两两围坐在书桌旁，不时发出男孩特有的爽朗笑声。傍晚时分，宿舍里的同学已经比远航结束的船客们还要熟络。

与汉斯一起住在希腊室的九位同学中，四人天资过人，其余则中等资质。首先是奥托·哈特纳。他是斯图加特一位教授的儿子，天分高，又冷静自信，行为举止无懈可击。他身材高大魁梧，衣着得体，坚毅干练的风度令人敬佩。

接着是卡尔·哈梅尔，阿尔卑斯山区某位村长的儿子。了解这个男孩需要时间，因为他身上充满矛盾，又极少展露在冷漠的外表中。他有时热情、吵闹甚至暴躁，但这种状态持续不久，他就重新缩进自己的身体里，让人不知他是位安静的观察者，还是个胆小鬼。

另一个虽不复杂，却引人注目的人是赫尔曼·海尔纳。他来自黑森林地区一个优渥的家庭。从入学第一天起，人们就知道他是位诗人和文学爱好者。据说他在州试中的作文以六音步诗行写就。他说话滔滔不绝，生动活泼，拥有一把漂亮的小提琴。他的气质似乎袒露无遗，但这种气质主要是年轻而幼稚的感伤和轻浮的混合物。当然，他也有不易察觉的深刻。在身体和灵魂方面，他都比同龄人成熟，已经开始尝试铺就自己的道路。

希腊室中最怪异的居民要数埃米尔·卢修斯。他平日不露声色，淡金色的头发乍看像个小老头儿，而坚韧勤劳的做派又像个干巴巴的老农民。尽管他的身材和五官尚未发育成熟，但他给人的印象并不像孩子，而是像个定了型的成人，似乎日后也不会有任何改变。第一天上课，其他人都在无所事事地闲聊，努力适应新环境，他却安静镇定地拿着本语法书，用大拇指塞住耳朵，学得不亦乐乎，就像要将失去的岁月弥补回来一样。

直至一段时间后，人们才逐渐发现，这个沉默的怪人是个精致的守财奴和利己主义者。正是这些在恶习上的完美表现，为他赢得了敬重，至少是包容。他发明了一套狡诈的节约和牟利体系，直到后来，其中的妙处才逐渐暴露，引得众人啧啧称奇。每天清晨起床后，卢修斯要么第一个冲进盥洗室，要么最后进去，以便使用别人的毛巾或肥皂，节省自己的东西。这样一来，他的毛巾总能用上两周或更长。只是现在，毛巾必须每八天换新一次。每周一上午，总舍监都会来检查。所以周一一早，卢修斯会在写有他编号的挂钩上挂一块新毛巾，午饭时再取走、叠好，放回箱子里，挂上那块省下来的旧毛巾。他的肥皂很硬，用起来泡沫很少，却非常耐用。尽管如此，埃米尔·卢修斯却并不疏于修饰外表。他看上去总是整洁体面，稀疏的金发梳得纹丝不乱，内衣外衣也爱惜得极好。

男孩们从盥洗室出来后便去吃早餐。早餐是一杯咖啡、一块方糖和一个面包卷。大部分人都觉得不够丰盛，因为年轻人往往在八小时睡眠后胃口极佳。而卢修斯却很满意，他每天省下口粮，一块方糖，又总能找到买家：两块方糖一便士，或二十五块方糖换一个笔记本。毋庸说，晚上为了节省昂贵的煤油，他喜欢借光读书。他并非穷人家的孩子，相反家境相当殷实。其中道理，正如穷人家的孩子很少懂得开源节流，总是有多少花多少，不懂得储蓄一样。

埃米尔·卢修斯不仅将他的体系运用到占有物资和有形商品上，还力所能及地在精神领域运用该体系获得优势。这方面他非常精明。他从未忘记，所有知识财富的价值都是相对的。因此，他只在那些他日后考试能取得好成绩的学科上下功夫，其他学科，只要成绩过得去，他就心满意足。至于他学到了多少知识，取得了什么成绩，他也只拿同学们的成绩来衡量。他宁愿学一半，考第一，也不愿学双倍的知识考第二。为此，同学们晚上消遣、游戏、读闲书时，他都在安静地温习功课。喧闹声从不会妨碍他，甚至有时，他还向同学们投去毫不妒忌又自鸣得意的一瞥，因为假如其他人都在用功，他的努力就毫无优势了。

没有人因他狡诈的伎俩而针对他这个勤奋的学究。但正如所有夸大其辞、过分逐利的人一样，他很快就迈出了愚蠢的一步。由于修道院的所有课程都无偿提供，他萌生了利用这一点，学习小提琴的念头。他没有受过任何训练，也没有任何音乐天赋，甚至对音乐毫无兴趣！但他认为，就像学拉丁文或学算术一样，他也能学会拉琴。学音乐，正如他常听说的，在未来的生活中大有益处。懂音乐的男人受人爱戴，讨人喜欢。不管怎样，这不需要任何花费，因为神学校还为学小提琴的学生免费提供一把练习琴。

当卢修斯找到音乐老师哈斯，说他想学小提琴时，哈斯惊得头皮发麻。在唱歌课上，他早已领教了卢修斯的音乐"天赋"。他的表演给在场的同学带来不少快乐，但对哈斯这个当老师的而言,却感到分外绝望。他试图说服他放弃,但毫无结果,他还是来了。他的笑容谦逊而微妙,声称这是他的权利,并宣示他对音乐的渴望难以遏制。于是他得到一把最差的琴,每周上两节课,每天练半小时。一节课后,室友们便立即宣布,以后不许他在宿舍练琴,他们不想再听到邪恶的呻吟声。这是第一次,也是最后一次。打那以后,卢修斯便拎着他的小提琴,不安地在修道院四处转悠,寻找安静的角落练习拉琴。他拉出各种抓挠声、咯吱声、呜咽声,吓坏了周围的人。正如诗人海尔纳所言,这把饱受折磨的老琴,正从它所有的虫洞中发出绝望的哀鸣,恳求卢修斯饶它一命。由于毫无进步,老师苦闷烦躁,变得既紧张又粗鲁,而卢修斯的练习也越来越糟。他那张洋洋自得的小商贩脸上开始长出愁苦的皱纹。这是场纯粹的悲剧。当老师最终宣称,他在拉琴方面完全无能,并拒绝继续授课时,这位痴情的学生选择了钢琴,并在漫长无果的几个月中吃尽苦头,直到心力交瘁,默默放弃。不过在后来的岁月中,每每提及音乐,他都会说,自己也曾学过钢琴和小提琴,只是非常不幸,由于诸多因素，他逐渐疏远了这门高雅的艺术。

就这样，希腊室的男孩们从滑稽的同伴身上找到不少乐子，即便在美学家海尔纳那里，也经常上演可笑的戏码。卡尔·哈梅尔是个擅长讽刺的旁观者。他比旁人大一岁，并为此自感优越，但这从未为他赢得尊敬。他喜怒无常，每隔上八天左右，就要在斗殴中测试自己的体能，打起架来野蛮又近乎残忍。

汉斯·吉本拉特震惊地目睹着眼前发生的一切，自己则安分守己，沉默寡言，静静地走自己的路。他勤奋得几乎像卢修斯，也受到室友们的敬重，唯独海尔纳清高又轻浮，一有机会就嘲笑他长于钻营。总的来说，男孩们在这个年龄段成长迅速，相处得也算融洽，尽管傍晚时分宿舍里不时传出争吵声。他们竭力让自己像个成人，力求以严肃的学习态度和端正的行为举止证明，老师们对他们以"您"相称虽说怪异，却完全正确。回顾刚刚告别的拉丁语学校，他们至少心存骄傲和怜悯之情，就像初入大学的大学生回顾高中生活时那般趾高气扬。然而纯粹的男孩气不时战胜造作的尊严，维护自己的正当权利。每到这时，宿舍里就响起大力跺脚的声音和男孩特有的粗野对骂声。

对于这样一所学校的校长或老师们而言，观察男孩们度过最初几周的集体生活后，如何像化学混合物般沉淀，结成飘浮不定的云团和絮状物，随后再次溶解，形成别样的形态，直至最终固化，不失为一件既有启发又妙不可言的事。克服了最初的羞怯，足够了解彼此后，男孩们开始了漩涡式混乱无章的寻找，形成团体，也诞生友谊和敌意。同乡和昔日的同学很少聚在一起。大多数人都转向结识新认识的同学：城里人结交农家子弟，山里人结交平地人，暗自寻求着多样性和彼此间的互补。伴随平等意识和独立欲望的觉醒，年轻的生命逐个踟蹰着摸索前行。一些男孩渐渐从漫长的童年中苏醒，萌发出"个性"的幼芽，上演了许多难以描述的亲昵或妒忌的小片段，发展出友谊同盟，也催发公开的、充满挑衅的敌意，最后视情况而定，结束于温柔的关怀或一次共同的散步，抑或结束于残酷的摔跤和赤手空拳的搏斗。

表面看来，汉斯从未参与其中。卡尔·哈梅尔曾直接而急迫地向他索求友谊，他却被这份激情吓退了。随后哈梅尔与"斯巴达"中的一员成了朋友,汉斯则孤身一人。一种强烈的心绪令汉斯看到友谊之国的地平线上,绽现令人渴望的幸福色彩,那里隐隐吸引着他,但羞涩束缚了他。经历了被严格管束和没有母亲的童年,他丧失与人亲近的能力,害怕任何外来的热情。此外他还有份男孩的孤傲和令人厌烦的野心。他不像卢修斯,他真的渴求知识,但与卢修斯一样,他试图远离任何妨碍他学习的事情。因此他一直埋头用功,看到别人三三两两,他又羡慕、妒忌,渴望拥有友谊。卡尔·哈梅尔不适合做朋友,但如果有别人走向他,试着有力地拉拢他,他也会欣然接受。他一直像个害羞的女孩般坐在那里,等待着有人主动找他,一个比他更强大、更勇敢的人来打动他,迫使他走上幸福的友谊之路。

除了关乎友谊的事情外,课业也特别繁重,尤其是希伯来文。为此男孩们初入神学校的时光飞逝而去。毛尔布隆周边众多小湖泊和池塘中,倒映着深秋惨淡的天空、凋萎的白蜡树、桦树和橡树以及漫长的黄昏。凛冬将至,最后的秋风在美丽的森林中呼啸着、鸣咽着、欢腾着,薄霜也已落了几次。

抒情诗人赫尔曼·海尔纳一直在寻找志趣相投的朋友，却徒劳无功。如今他每天都会在外出时间独自去林中漫步，尤其爱去瓦尔德湖。那是个令人伤感的褐色池塘，四周芦苇丛生，湖面上覆盖着古树凋零的树冠。耽于幻想的海尔纳被林中这处凄美的角落吸引。在这里，他以梦中的枝条，在宁静的水面上画圈，读莱瑙[1]的《芦苇之歌》，躺在低矮的芦苇丛中思考秋日主题——死亡与消逝。纷飞的落叶和光秃的树梢摇曳着，发出萧瑟的沙沙声，为他弹奏忧伤的和弦。这时，他总是从口袋里掏出一个黑色的小本，用铅笔记下几行诗句。

十月下旬一个多云的中午，汉斯·吉本拉特到同一片池塘散步时，刚好看见年轻的诗人坐在小水堰的木板路旁，膝上放着笔记本，嘴里叼着削尖的铅笔沉思，身边放着一本摊开的书。他缓步走过去。

"你好，海尔纳。你在做什么？"

---

[1] 19世纪奥地利诗人，以写忧郁的抒情诗闻名。

"在读荷马。你呢,小吉本拉特?"

"我才不信。我知道你在做什么。"

"是吗?"

"当然。你在写诗。"

"你这么看?"

"显然。"

"坐过来吧!"

于是吉本拉特挨着海尔纳坐在木板上,双腿悬在水面,望着四处枯黄的落叶一片片在凉爽的风中打转,随后无声地落在褐色的湖面。

"这里真凄凉。"汉斯说。

"是啊,是。"

两人并排躺下身,望着天,眼前的周遭秋色萧条,唯独看得见几条悬垂的树枝,此外就是淡蓝的天空和平静浮动的云。

"多美的云啊!"汉斯惬意地说。

"是啊,小吉本拉特。"海尔纳叹息道,"要是做一朵云该多好!"

"然后呢?"

"然后我们就能在天上扬帆远航,驶过森林、村庄、某个地区、某些国家,像条美丽的船。你从没见过船吗?"

"没见过,海尔纳。你见过吗?"

"哦,我当然见过。不过天哪,你不会懂这些。你只会学习,求上进,苦读书。"

"你把我当成头骆驼了?"

"我可没那么说。"

"我才不像你想得那么蠢呢。不过还是说说船吧。"

海尔纳翻了个身,差点儿掉进水里。此刻他趴在木板上,双手托着下巴,双肘支撑着身体。

"在莱茵河上,"他接着说,"我见过那种船。我们在度假。那是个星期天晚上,船上演奏着音乐,亮着五颜六色的灯。灯光倒映在水中,我们伴着音乐顺流而下,喝着莱茵葡萄酒,女孩们穿着白裙子。"

汉斯听着,虽没搭腔,却闭上眼睛,似乎看见夏夜中行驶的轮船,船上有音乐,还有红色的光火和穿白裙的女孩。另一人继续说：

"是呀，那时和现在不同。这里有人知道类似的事吗？没有。都是些无聊之辈，都是些懦夫！他们自暴自弃，自我剥削，除了希伯来文字母表外一无所知。你和他们也没什么区别。"

汉斯没吱声。这个海尔纳毕竟是个怪人，是位幻想家、诗人，他经常惊诧于他的言行。众所周知，海尔纳并不用功，却知道很多。他懂得如何给出漂亮的答案，同时又鄙视那些书本知识。

"咱们读荷马的《奥德赛》时，"他嘲讽着继续道，"就像在读一本食谱。一小时读两小节，逐字咀嚼，反复品鉴，直至令人作呕。可读完后他们却说：'你们瞧，诗人的笔触多么精妙！从中你们一定窥见了诗歌创作的奥秘！'他们给小品词和过去时叙述体涂抹佐料，好叫我们不至噎死。他们这么干，让我对荷马兴趣全无。古希腊的那些东西与我何干？如果我们中有人想试试，过希腊人的生活，那他一定会被撵出神学校。可我们的宿舍呢，却叫作'希腊'！真是个天大的笑话！应该叫'废纸篓''奴隶笼'或'恐怖洞穴'——所有这些古典的玩意儿，不过是场彻头彻尾的骗局！"

他朝空中啐了口唾沫。

"嘿，从前你写过诗？"汉斯问。

"是的。"

"写的什么？"

"在这儿写了些关于湖泊和秋天的。"

"给我看看！"

"不行，我还没写完。"

"那等你写完呢？"

"可以，倒也无妨。"

两人起身，慢慢朝修道院走去。

"瞧这儿，你仔细看过吗？多美！"路过"天堂"时，海尔纳说，"大厅，拱窗，十字回廊，礼拜堂，哥特式和罗马式的，一切都美轮美奂，都是艺术品，是匠心之作。可这巧夺天工的杰作，究竟为谁而造呢？为的是三十个将来要当牧师的可怜男孩。国家这么做，可真够慷慨的！"

整个下午，汉斯都止不住想起海尔纳。他究竟是什么人?在这个人身上,汉斯所熟知的忧虑和期望完全不存在。他有自己的思想,自己的语言。他活得更热情,更自由。他承受着与众不同的痛苦,似乎蔑视周围的一切。他懂得欣赏那些古老圆柱和石墙的美。他实践着神秘而奇特的艺术,用诗句反映他的灵魂,用想象构建独特而鲜活的生命。他思维敏捷,不可一世,每天脱口说出的笑话比汉斯一年讲的还多。他忧郁、伤感,似乎将自己的忧伤视为珍贵的异域美味享用。

就在那天晚上,海尔纳让整个宿舍的男孩见识了他桀骜不驯的个性。有个爱夸夸其谈的小市民,名叫奥托·温格,跟他争执起来。海尔纳先是保持克制、幽默和清高的态度,随后被奥托惹火,给了他一记耳光。很快,两人激烈而难解难分地扭打起来。像艘失舵的船,他们在整个希腊自习室内颠簸、摇晃、抽搐,撞到墙上,翻过椅子,摔在地板上。两人一言不发,喘着粗气,咬牙切齿地喷着唾沫。同学们站在一旁震惊地观望着,面露难色,避让着他们的摔打,以免误伤自己的腿脚、课桌和台灯,又不无兴奋地期待着这场恶斗的结局。几分钟后,海尔纳挣脱了对方，艰难地站起身，大口喘着气。他看起来伤痕累累，双眼通红，衬衫领子被扯破，裤子的膝盖处摔出一个窟窿。他的对手想再次攻击他时，他站在原地，双臂合十，高傲地说："我不打了——如果你想打我，就动手吧！"奥托·温格骂骂咧咧地走开后，海尔纳靠在他的书桌前，转了转台灯，双手插进裤兜，似乎在思索。突然，他的眼泪夺眶而出，一滴一滴，止也止不住。这在神学校真是闻所未闻！对学生们来说，哭泣无疑是件最羞耻的事，而他没做任何掩饰。他没有离开自习室，而是静静地站着，苍白的脸转向煤油灯。他没有擦眼泪，甚至没从口袋中抽出双手。其他人围着他，好奇地、不乏恶意地望着他，直至哈特纳站出来说："你，海尔纳，你难道不害臊吗？"

哭泣的人慢慢环顾四周，像是刚从深眠中苏醒。

"害臊——在你们面前？"他反问道，接着又大声而轻蔑地说，"不，我的朋友们。"

他擦了擦脸，愤然一笑，随后吹灭了台灯，走出房间。

这一幕上演时，汉斯·吉本拉特始终坐在自己的位子上，惶恐地望着海尔纳。十五分钟后，他才敢起身，去寻找失踪的人。他看见黑暗冰冷的寝室里，他坐在一个矮窗台上，一动不动望着楼下的回廊。从背影看，他的肩膀和瘦削的头显得异常严肃，毫无稚气。汉斯走上去，站在窗前时，他仍纹丝未动。过了一会儿，他头也不回，声音沙哑地问：

"什么事？"

"是我。"汉斯害羞地说。

"你想干吗？"

"不干什么。"

"不干什么？那你可以走了。"

汉斯有些受伤，真的想走。海尔纳留住他。

"等等，"他以一种故意开玩笑的口吻说，"我不是这个意思。"

两人看着对方的脸，仿佛在这一刻，他们才初次真正端详对方，并试着想象，两张年轻而光洁的面孔后，隐藏着怎样非同寻常的生命，并以怎样独特的方式，居住着一个独一无二的灵魂。

赫尔曼·海尔纳慢慢伸出双手，抓住汉斯的肩膀，将他拉向自己，直至两人近乎脸贴脸。汉斯这时突然震惊地感觉到，海尔纳的嘴唇碰到自己的嘴唇。

他的心在不适的惊惧中怦怦直跳。在黑暗宿舍中的这次相遇，这突如其来的亲吻是一场冒险，一次前所未有的体验，或许还很危险。他突然意识到，如果被人看见该多么可怕，因为某种感觉告诉他，在旁人眼中，这一吻比海尔纳之前的哭泣更为可笑，更令人不齿。他什么也说不出，血往头上涌，恨不得赶紧逃掉。

如果一个成人看到这小小的一幕，或许会感受到淡淡的喜悦。看到两张严肃消瘦又充满稚气的脸英俊而充满希望，看到他们难以启齿的友谊在尴尬而羞涩的温情中终于表露出来，一半童稚的天真，一半又已洋溢着青春期羞涩而美丽的倔强。

孩子们渐渐适应了集体生活。他们彼此了解，相互间有了些认识和看法，也纷纷建立友谊。有些朋友一起学希伯来文，有些则一起绘画、散步、阅读席勒的书。有的人擅长拉丁文，却不擅算数，与他学不好拉丁语却数学好的伙伴一起享受合作的乐趣和成果。还有一些友谊建立在契约和财物共享的基础上。比如那个令人羡慕的带火腿的男孩，与一位来自斯塔姆海姆的园丁的儿子成了朋友，因为后者的箱子里装满了漂亮的苹果。有一回，他吃火腿时口渴，向他讨了个苹果，并以一些火腿肉作为回报。他们凑在一起，谨慎地交谈后得知，火腿吃完会有一只新火腿，而苹果的主人也能从父亲那里得到供给，直至明春。就这样，他们建立了牢固的友谊。这种关系甚至比许多更理想主义、更热烈的友谊更持久。

只有少数人仍独来独往，比如卢修斯。他当时贪恋艺术，对艺术的痴爱胜于一切。

也有些组合中的两人似乎并不般配。其中最明显的要数赫尔曼·海尔纳和汉斯·吉本拉特。他们一个漫不经心，一个认真勤恳，一个是诗人，一个热衷于取得好成绩。尽管人们认为他们都是最聪明、最有才华的人，但海尔纳享有半带讽刺意味的"天才"美誉，而另一人则被赋予"模范生"的坏名声。不过他们的友谊几乎没有受到任何干扰，因为人人都只顾着自己，都乐于在自己的友谊中安然自得。

然而,学业并没有因为这些个人的兴趣和经历被忽视。卢修斯的音乐,海尔纳的诗歌,所有友谊、交易和偶尔的争执,都是微不足道的游戏、次要的变奏和不起眼的助兴片段。学业才是男孩们生活中重要的乐句和旋律。其中最要紧的是希伯来文。耶和华奇崛古老的语言是一棵脆弱枯萎,却依旧秘密活着的树,在年轻人眼中奇特、粗粝而难解地生长着,以令人震惊的枝丫引人注目,以充满令人称奇的色彩和芬芳的花朵给人意外的惊喜。在它的枝干、树洞和根茎上,或狰狞或友善地栖息着千年精灵:奇幻可怕的龙,天真可爱的童话,满面皱纹、严肃干瘪的老人身旁站着漂亮的男孩、呆滞的少女或好斗的妇人。路德翻译的《圣经》被《旧约》的迷雾温柔包裹着,虽易读,却遥远而缥缈。此刻,它在希伯来原文粗糙地道的语言中,重新变得有血有肉,获得了声音和老派笨拙却坚韧不拔的生命。起码海尔纳这样认为。尽管他每天、每小时都在诅咒《摩西五经》,却在其中发现了更多生机和灵魂,汲取了更多营养。比起那些熟知所有词汇、不犯任何阅读错误的耐心求教者，他的收获更大。

其次是《新约》。它更温和、更轻盈、更内在，语言虽不那么古旧、深邃、丰富，却更精致，充满了清新热切和梦幻般的精神。

还有《奥德赛》。它的诗句悠扬有力、情绪强烈、格律统一，仿佛水妖从中伸出洁白圆润的手臂，浮现业已消逝却模样清晰的幸福生活絮语。它时而以刚健的笔触坚定而具体地勾勒着，时而又似梦境和美的预言，在几个词和几行诗中乍现微光。

与之相比，历史学家色诺芬和李维似乎消失不见了，或许他们依然存在，只是黯然失色。他们谦逊而近乎单调地退居一旁。

汉斯震惊地意识到，在他的朋友眼中，一切都与他自己看到的不同。海尔纳认为，万事万物都不是抽象的。他可以想象一切，并以幻想中的色彩加以描绘。如若不能，他便会反感地退避三舍。对他来说，数学是充满狡诈谜团的斯芬克斯[1],它以冷酷而邪恶的目光驱逐着它的祭品,而海尔纳则远远地避让着这个庞然大物。

两人的友谊很奇特。对海尔纳来说,他们的关系是轻松愉快的,也是奢侈的,甚至有几分心血来潮。但对汉斯而言,他有时视这份友谊为值得骄傲的珍宝,有时又是他必须背负的重担。汉斯过去会利用夜晚的时间温习功课。现在,海尔纳几乎每天都会在厌倦读书后来找他,拿开他的书,要他陪他散心。尽管汉斯珍视他的朋友,但难免会在朋友来访前瑟瑟发抖,于是他在规定的学习时间内加倍用功,以免耽误课业。更令他烦恼的是,海尔纳开始在理论上抨击他的勤奋行为。

"你这是在做苦力,"他说,"不是你心甘情愿的。你不过是害怕老师和你父亲。考第一第二又能怎样?我考第二十,也不比你们这些书呆子笨。"

汉斯第一次看到海尔纳如何对待课本时不免大吃一惊。那天他自己的书忘在了大教室,为了准备下一节地理

---

1 希腊神话中的神兽,善用谜语考验路人。

课，他借了海尔纳的地图册。他惊讶地发现海尔纳用铅笔涂满了整本书。比利牛斯半岛的西海岸覆盖了一张怪诞的脸，鼻子从波尔多延伸至里斯本。菲尼斯特雷角周围地区顺势画成大波浪卷发发饰，而圣文森特角则构成捋得漂亮的胡须尾端。一页页翻过去，地图册的白色封底上还画了漫画，写了些俏皮话，也不乏斑斑墨渍。汉斯习惯于视他的课本为圣殿和珍宝。在他看来，海尔纳大胆鲁莽的行为一半是对圣殿的亵渎，一半虽近乎犯罪，却也是英雄行为。

看上去，好心的吉本拉特对他的朋友来说，似乎只是件讨人喜欢的玩具，也可以说是他的家猫。汉斯自己也时常这么想。可海尔纳之所以对他情有独钟，是因为他真的需要他。他需要一个可以倾诉的人，一个懂得欣赏他的人，一个在他发表关于学校和生活的革命性演说时，能安静而饶有兴致地倾听的人。此外他还需要人安慰，需要人允许他在忧伤时，将头枕在对方的膝盖上。就像所有天性如此的年轻诗人一样，无缘无故甚至矫揉造作的伤感时常侵袭他，其部分原因是他身上童年的灵魂正悄然与他作别，部分原因是过于充盈的力量、情感和欲望无处安置，还有则是因为其不自知的成为男人的隐匿冲动。因此他病态地需要被怜悯、被宠爱。以前，他是母亲的宠儿，而现在，只要他还没有成熟到爱上一个女人，一位顺从的朋友就会被他当作最好的安慰者。

他经常愁眉不展地晚上来找汉斯，叫他放下手头的功课，跟他一起去大宿舍。在冰冷的大厅，在高挑昏暗的祈祷室，他们并肩来回踱步，或坐在窗台上打寒噤。这时，海尔纳以抒情的、阅读海涅作品的青年人的方式，发出各种哀怨的慨叹，整个人笼罩在幼稚的哀伤中。汉斯虽不完全理解这种哀伤，却对此印象深刻，有时甚至被它感染。敏感的美学家在阴天更易消沉，悲叹和无病呻吟往往在夜晚达到顶点。深秋时节，傍晚的积雨云遮蔽天空。积雨云后，多愁善感的月亮书写着自己的轨迹，透过云斑和云间缝隙，窥视着大地。这时，海尔纳沉醉在莪相[1]式的心绪中，融化在虚无缥缈的忧伤中，以叹息、演说和诗句，一

---

[1] 凯尔特神话中的古爱尔兰著名英雄人物，传说是位优秀的诗人。

股脑儿地向无辜的汉斯倾吐。

汉斯被海尔纳营造的痛苦意象压抑着、折磨着,只好在空余的时间加倍投入学业,然而学习变得越来越艰难。头痛复发,他并不惊讶,他真正担心的是,自己游手好闲和疲倦的时候越来越多。他必须激励自己,才能去做那些理应做的事。尽管他隐约感到,与这个怪人的友谊令他疲惫,让他本性中某些至今尚未被触及的部分染了病,但海尔纳越是黯然神伤、泪流满面,他越是怜惜他,越是温柔而自豪地意识到,他的朋友不能没有他。

此外他完全清楚,海尔纳病态的忧郁并不真正来自他的天性,而是他过剩的、不健康的欲望的外溢。他坚定而真诚地敬佩着海尔纳。当他的朋友朗读他的诗句或谈论他的诗歌理想,当他满怀激情并配以夸张的手势,朗诵席勒和莎士比亚的独白时,汉斯仿佛感到,他的朋友正凭借他所缺乏的魔术天赋和力量,以神圣的自由和火热的激情在空中翱翔,像《荷马史诗》中的天使般脚底生翼,腾空而起,高高凌驾于他和他的同类之上。在此之前,诗人的世界对他来说是陌生的、遥远的,而现在,他第一次难以抗拒地感受到优美流畅的文字、迷人的幻象和悦耳动听的韵律所具有的魅惑力。他对这个刚刚向他敞开大门的世界的崇敬之情，和他对朋友的钦佩之情交相辉映，生长出一种独特的情感。

十一月悄然而至。白天没有灯，天色暗哑，伴着风暴，大伙儿只能用功几小时。漆黑的夜里，暴风雨卷着翻滚的乌云，穿越阴沉的天空，在古老坚固的修道院四周吟唱、怒吼。树叶已落尽，唯有那棵高大多结的橡树——繁盛树林中的王者，仍以枯叶发出比其他树木更响、更沉闷的沙沙声。海尔纳十分沮丧。他最近不愿和汉斯坐在一起，情愿独自去偏僻的琴房拼命拉琴，或和其他伙伴一起演奏亨德尔的作品。

一天晚上，他又来到这间琴房，却看见野心勃勃的卢修斯坐在谱架前忙着练琴。他气恼地走开，半小时后又回来。卢修斯还在练。

"你也该歇歇了，"海尔纳斥责道，"别人还要练琴呢。吱吱嘎嘎的，简直是场灾难。"

卢修斯不肯让步，海尔纳变得粗暴，当对方继续平静地练习时,他一脚踢翻了谱架,谱子散了一地,谱架直接砸在小提琴家的脸上。卢修斯弯腰捡乐谱。

"我去告诉校长先生。"他愤愤地说。

"赶紧去。"海尔纳愤怒地喊道,"顺便告诉他,我还免费送了你一脚!"说着,他立即要付诸行动。

卢修斯迅速闪到一旁,夺门而逃,海尔纳穷追不舍。一场激烈而喧嚷的追逐战开始了。他们奔过走廊和大厅,跑上楼梯,沿着过道,到了修道院最远的侧翼。校长静谧而雅致的公寓就在那里。海尔纳在逃跑的卢修斯到达校长门前时追上他,在后者已敲门并站在打开的门口时,实现了他的承诺,踹了他一脚。卢修斯不等进屋,转身关上门,就像颗炸弹般冲进了校长的公寓。

类似的事件前所未闻。第二天一早,校长就发表了精彩的演讲,论述了青年人堕落的问题。卢修斯听得津津有味,默默赞同,而海尔纳则受到关禁闭的重罚。

"许多年了,"校长痛斥道,"这里早已不再动用这种惩罚。我保证,他十年后仍铭记这个教训。至于其他人,处罚海尔纳,是为了给你们一个警告。"

全班人都偷偷瞄着海尔纳。他倔强地站在一旁，面无表情，也并不回避校长的目光。许多人虽暗自佩服他，但下课后，走廊一片喧嚣时，他却像个麻风病人，孤零零地站在那里，无人理睬。这一刻支持他需要勇气。

汉斯·吉本拉特也没有胆量接近他。尽管他觉得那是作为朋友的义务，但他懦弱，并为此感到痛苦。他难过而羞愧地趴在窗台上，不敢抬头。他想去找他的朋友——如果不被人发现，他愿意付出任何代价。但在神学校里，一个被罚禁闭的人，就像被打上了羞耻的烙印。大家知道，从现在起，海尔纳将受到特别监视，与他来往是危险的、有损名声的。国家给予学生们种种福利，必然也规定了严格、严明的纪律。当初在入学仪式的重要讲话中说起过，汉斯深知这一点。他在责任和野心间挣扎，最终责任败下阵来。毕竟他想出人头地，想在未来的考试中名列前茅，想成为人物，而不想扮演罗曼蒂克的危险角色。于是他只能焦虑地躲在角落里。大胆地迈出一步并非不行，但随着时间的流逝，挺身而出变得越来越难。不知不觉间，他对友谊的背叛已成事实。海尔纳对此心知肚明。这个热情的男孩感觉到大家在回避他。他可以理解,但他仍指望汉斯能来安慰他。除了眼下的痛苦和愤慨,他从前不切实际的哀叹也显得空洞可笑。他在吉本拉特身边站住,脸色苍白,神情傲慢地低声说:"你是个卑鄙的懦夫,吉本拉特——呸!"说罢,他低声吹着口哨,双手插在裤兜里扬长而去。

好在年轻人总有处理不完、考虑不完的事。那天后没几天,突然下起了大雪,接着就到了晴朗的寒冬。大家打雪仗、滑冰,并意识到圣诞节快到了,纷纷说起节日和即将到来的假期。他们不再关注海尔纳,而他,昂着头,带着几分轻蔑,高傲安静地走来走去,不和任何人搭话。他常常在本子上写诗,黑色的油布封面上写着《修士之歌》。

雪团和冰霜挂满橡树、桤木、山毛榉和柳树,形状精妙而奇特。池塘上清澈的浮冰也在严寒中冻得噼啪作响。回廊庭院宛如一座静谧的大理石花园。整个修道院洋溢着节日欢乐的气氛,就连两位平日一贯不苟言笑、矜持稳重的教授也在对圣诞节的期盼中,流露出一丝活泼开朗的温情。对圣诞节,老师和学生们都不能无动于衷,甚至海尔纳也不再像从前那般阴沉悲戚,卢修斯则在考虑他该带哪本书和哪双鞋去度假。家里寄来的信中写满美好而令人神往的内容:问起他们最想要的礼物,告诉他们家里烘焙了点心,暗示他们将收获惊喜,表达再次相见的喜悦。

放假前,全班,特别是希腊室的人,还经历了件趣事。大家决定邀请老师们参加圣诞晚会。晚会将在最大的寝室希腊室举行。节日致辞、两段朗诵、长笛独奏和小提琴二重奏已准备好,只是节目单上还少了个幽默类节目。大家讨论、商量,有人提建议,又有人反驳,最终也没能达成一致。这时卡尔·哈梅尔顺嘴说,其实最逗乐的事,是让埃米尔·卢修斯来段小提琴独奏。大家一致赞同。这位不幸的音乐家在众人的软硬兼施下,最终败下阵来。于是一份措辞恭敬的请柬,附带一份带有"特别节目"的节目单寄给了老师们:"《平安夜》,小提琴曲,由著名室内乐大师埃米尔·卢修斯演奏。"他之所以获得了这一头衔,是因为他整日在那间偏僻的琴房苦练。

校长、教授、辅导老师、音乐老师和舍监都应邀出席了晚会。音乐老师看着卢修斯身穿他向哈特纳借来的黑色翻领礼服,头发梳得溜光,面带温和谦逊的微笑登场时,额上立即冒了汗。光是卢修斯的鞠躬就引得哄堂大笑。在他手中,《平安夜》变成了凄美的哀歌,如泣如诉的苦难之歌。他开始第二次起头,这次,旋律几乎被他撕碎、剁烂。他用脚踮着节拍,完全像个霜冻天的伐木工人在拉锯。

校长先生愉快地向音乐老师点点头,后者则羞愤得脸色发青。

第三遍开头,卢修斯又卡住了。他放下琴,望向观众,抱歉地说:"我拉不出来。我可是从去年秋天才开始学的。"

"很好,卢修斯。"校长大声说,"感谢您的努力。继续这样学下去!记住,路途颠簸,终抵繁星[1]。"

12月24日,凌晨三点。所有宿舍里的人已开始吵嚷地忙活起来。窗户上开着厚厚的细瓣冰花,洗脸水结了冰,修道院院子里刮起刺骨的寒风,但大家并不在意。餐

---

1  原文为拉丁谚语"Per aspera ad astra!"。

厅里的大咖啡壶还冒着热气，学生们就裹紧大衣，系上围巾，很快三三两两踏过白茫茫的微光中的田野，穿过寂静的森林，向远处的火车站方向走去。他们闲聊着、开着玩笑、大笑着，每个人心里都默默装着愿望、喜悦和期盼。他们知道，在全国各地，城镇、乡村和寂寥的农场，父母和兄弟姐妹正在温暖的、装饰一新的客厅里等他们。他们中的大多数人还是第一次从外地赶回家过圣诞节，而大多数人都清楚，家人正以爱和自豪之情盼着他们回家。

小小的火车站位于白雪皑皑的林中。他们在严寒中等火车。从未像现在这样，他们团结，轻松愉快，相处融洽。只是海尔纳仍形单影只，沉默不语。火车到站时，他看着同伴们上了车后，才独自进了另一节车厢。下一站换车时，汉斯又看见他，但瞬间的羞愧和悔意很快就消散在即将回家的兴奋和喜悦之中。

到了家，他看见爸爸笑得开心满意，还为他准备了一桌丰富的礼物。吉本拉特家原本并没有真正的圣诞节，没有歌声，没有过节的气氛，没有妈妈，也没有圣诞树。对于庆祝节日的艺术，吉本拉特先生完全是外行。汉斯早已习惯了，不觉得缺什么。但这次，爸爸为他感到骄傲，在购置礼物方面没有节省。

众人都说他看上去太瘦，脸色也不好，问他是不是修道院的伙食太差。他赶紧否认，还向人保证自己过得不错，只是经常头痛。城里的牧师安慰他，说自己年轻时也经常头痛，于是一切都很完美。

冰封的河面如镜。假日里滑冰的人很多。汉斯大部分时间都在外面。他穿着新西装，戴着绿色的神学校学生帽。他已超越了以前的同学，进入了一个令人羡慕的更高级的世界。

# 第四章

过往的经验证实,神学校的每个班都会在修道院四年的学习生活中,失去一个或几个学生。有时是人死了,在圣歌中被安葬,或遗体在朋友们的护送中被运回老家。有时是有人逃跑,或因重罪被开除。偶尔,极少发生,通常只在高年级,某个绝望的男孩开枪自杀或投河自尽,寻求摆脱青春期危机便捷却黑暗的出路。

汉斯·吉本拉特也逐渐失去了几个同学。巧合的是,他们都曾住在希腊室。

宿舍里有个谦逊的金发男孩,名叫欣丁格,绰号"印度人"。他来自阿尔高地区某少数派教区,是个裁缝的儿子。他平日默不作声,因去世才被人谈起,但即便如此,知道他的人也不多。他和节俭的室内乐演奏家卢修斯是同桌，两人的交往更频繁，但除此之外，他没有别的朋友。只有当他不在时，希腊室的人们才意识到，他们喜欢他。他是个与世无争的好室友，也是经常骚动不安的宿舍生活中一个稳定的存在。

1月份的一天，他和几个滑冰的人一起去了罗斯韦尔湖。他没有冰鞋，只想跟去看看。在岸边，他很快冻僵了，跺脚取暖，随后又小跑，在不远处的田里迷了路，到了另一个湖边。由于湖水温暖，水流急，湖面没有冻透。穿过芦苇丛后，瘦小的他在岸边栽进了湖里。他挣扎着叫喊了几声，没人听见，随后无声地沉入了漆黑冰冷的湖底。直至两点，下午的第一节课开始时，人们才注意到他的缺席。

"欣丁格去哪儿了？"辅导老师喊。

没人回答。

"去希腊室找他！"

那里自然寻不到。

"他迟到了，我们不等他。请看第七十四页第七行。

我请你们以后准时来上课，类似的情况不许再发生！"

三点的钟声敲响时，欣丁格仍不见踪影。老师开始担心，派人去找校长。

校长立即出现在教室里。他多方询问后，派十名学生跟着舍监和辅导老师去找人，又给其余学生布置了书面作业。

四点钟，辅导老师没敲门就径直走进教室，来到校长身边跟他耳语。

"安静！"校长命令道。学生们一动不动地坐在长凳上，期盼地望着他。

"你们的同学欣丁格，"他声音低沉，"兴许在池塘里淹死了。你们得帮忙去找他的遗体。迈耶教授带你们去。你们要严格听从命令，不得擅自行动。"

学生们战战兢兢地交头接耳，跟着教授出发。几个镇上叫来的男人拿着绳子、木板和竹竿，加入了匆忙出发寻人的队伍。天寒地冻，太阳已落至林边。

担架上铺的灯芯草落满了雪。男孩僵硬的小尸体终于被找到，放上担架时已是黄昏。神学校的学生们像受惊的鸟，害怕地站在一旁盯着尸体，搓着冻得青紫的手指。直至淹死的同学被抬着经过面前，默默紧随其后走过雪原时，他们不安的心才突然掠过一阵战栗，像小鹿遇到敌人般嗅到了死亡的气息。

在这群冻僵的可怜男孩中，汉斯·吉本拉特恰巧走在他昔日的好友海尔纳身旁。结冰的田埂上，两人同时打了个趔趄，又同时望向彼此。也许汉斯被刚刚目睹的死亡吓蒙了，他瞬间深信，自私自利毫无意义——无论如何，当他意外地看见朋友近在咫尺的苍白的脸时，心底掀起一阵莫名的剧痛。他情不自禁伸手去拉对方的手。海尔纳不情愿地抽出手，受辱般望向别处，同时换了位置，消失在队伍后排。

这时，模范少年汉斯的心在痛苦和羞愧中抽搐。他继续跌跌撞撞地走在冰天雪地里，根本止不住一滴滴眼泪流满冻得发青的脸。他意识到，有些失误和罪过无法被遗忘，任何忏悔都不能弥补。他感觉躺在前方灵柩上的人不是小裁缝的儿子，而是他的朋友海尔纳。他痛苦地带着对汉斯的不忠不义的愤恨远走他乡，去了另一个世界。在那里，人们不在乎成绩、学问或是否成功，只看重良心是纯洁还是污秽。

走上乡间公路后，大家很快回到修道院。校长率领全体老师列队迎接死去的欣丁格。要是他活着，想必只是想想这份殊荣，都会吓得落荒而逃。的确，老师们看待死去的学生和看待活着的，目光截然不同。这一刻，他们的确深信，青春和生命有价值，失去便不可挽回。可平日里，他们却毫无顾忌地践踏着这一切。

傍晚和次日一整天，这具不起眼的尸体的在场就像魔咒，宽缓、蒸发了所有行为和语言，一切都像蒙上了薄纱，以至于在短时间里，争吵、愤怒、喧闹和笑声都藏匿起来，就像水面上水妖消失的瞬间，波澜不惊，仿佛没了生命。假如某两人谈起溺亡者，他们称他的全名，因为以绰号"印度人"谈论死者有失体统。而沉默的"印度人"，原本在人群中悄无声息、无人问津，此刻他的名字和他淹死这件事，充斥着整个神学校。

再一天，欣丁格的父亲来了。他独自在停放儿子尸体的小房间里待了几小时，又被校长请去用茶，晚上留宿在牡鹿旅社。

次日是葬礼。棺木安放在大宿舍里。阿尔高裁缝站在旁边,默默望着一切。他又瘦又高,地道的裁缝模样,身上穿着泛绿的黑色礼服和紧身窄裤,手里拿着顶年代久远的过时礼帽。他瘦削的小脸看上去忧愁、悲伤、虚弱,整个人犹如风中残烛。在校长和老师们面前,他保持着一贯唯唯诺诺的姿态。

最后一刻,抬棺人抬起棺材前,这个悲伤的小人物再次走上前,窘迫、羞涩、神情温柔地抚摸了棺材盖,随后无助地重新站稳,挣扎着强忍泪水,像棵冬日里枯萎的小树,惆怅、绝望、孤苦地站在寂静的大宿舍中央,让人看了不免心痛。神父拉着他的手,陪在他身边,随后他戴上那顶奇崛的弧形高帽,紧跟着抬棺人走下楼梯,穿过修道院院子和古老的大门,踏过茫茫雪地,向教堂公墓低矮的院墙走去。神学校的学生们在坟墓前合唱时,音乐老师动情地一边指挥,一边懊恼,因为大部分学生都没看到他的手势,而是望着小裁缝孤零零的、纸片儿般的身影——他悲伤地站在雪地里,低头听神职人员、校长和学生代表讲话，麻木地对着歌队点头致意，不时用左手摸摸塞在衣袋里，却始终没有掏出的手帕。

"我忍不住想，要是我爸站在那儿，会是什么模样。"奥托·哈特纳事后说。所有人附和道："是，我也那么想来着。"

之后，校长带着欣丁格的父亲走向希腊室。"你们中有谁和死者是好友吗？"校长进了宿舍后，问道。起先无人应答。欣丁格的父亲焦急而悲伤地望着一张张年轻的脸。卢修斯站出来后，欣丁格的父亲赶紧握住他的手，紧紧握了一会儿，又说不出话，只是恭顺地点着头，随后走出了宿舍。他踏上了回乡之路，在明媚的冬日里走了一整天才回到家，告诉他妻子，她的卡尔安葬在哪里。

修道院内的魔咒很快解除了。老师们重新走进课堂，大门再次紧闭，而希腊室那个死去的男孩很少被念及。有些人因为在悲凄的池塘边站了太久，得了感冒，躺进了病房，有些人穿着毛毡拖鞋、系着厚围脖晃来晃去。汉斯·吉本拉特的喉咙和腿脚都安然无恙，但自打悲剧发生以来，他的样子却变得更严肃、更老成。他变了，从一个男孩变成青年，他的灵魂就像去了另一个国度，在那里焦虑不安地游荡着，不知栖身何处——他并非惧怕死亡，也没有因为善良的"印度人"的死而悲伤，他只是突然意识到，他对海尔纳心怀愧疚。

海尔纳正和另外两个同学躺在病房。他必须喝热茶，也有时间整理他在欣丁格去世事件中的印象，为日后的诗歌创作做准备。但对此，他似乎兴趣不大。他非常忧伤，几乎不与病友说话。自从他受罚以来，被迫的形单影只使他敏感而善于交流的性情受到打击，变得痛苦不堪。老师们严格监管他，视他为心怀不满的激进分子。同学们回避他，舍监对他冷嘲热讽，而他的朋友莎士比亚、席勒和列瑙，则向他展示了有别于现实中充满压迫和羞辱的另一个世界——那个世界更强大、更伟岸。他的《修士之歌》起初只带些隐逸、忧郁的调子，后来逐渐发展为充斥着对修道院、老师和同学们辛辣讽刺的诗篇。他在孤寂中享受殉道者的酸楚，在被误解中感到满足，在毫不留情地蔑视修士们的诗句间，自觉像小尤韦纳尔[1]。

葬礼后的第八天,两位病友康复了,海尔纳独自躺在病房。汉斯来看望他。他小心翼翼地跟他打招呼,搬了把椅子坐到床边,又拉起病人的手。海尔纳不情愿地扭头望向墙,表现得冷若冰霜,但汉斯并未动摇。他握紧他的手,逼着他昔日的朋友转头看他。海尔纳恼怒地咬紧嘴唇。

"你到底想干吗?"

汉斯拉着他的手不放。

"听我说,"他说,"当初我的懦弱让你失望了。但你了解我:我决心在神学校名列前茅,甚至想争当第一。你说我急功近利,说得也没错。可那是我的理想,除此之外,我没有更多指望。"

海尔纳闭着眼睛。汉斯继续低声说:"听着,我对不起你。我不知道你是否还愿意做我的朋友,但你得原

---

[1] 约公元60—140年的古罗马诗人。他在他的讽刺诗中谴责社会弊端和个人不端行为。他把罗马城描绘成一个危险的魔洛神,其中的滥用权力、阿谀奉承、欺骗与炫耀、铺张浪费和滥交一样司空见惯。

谅我。"

海尔纳一声不吭，依旧不睁开眼睛，可他的心已绽开笑颜，他内在所有的善意和喜悦都涌向他的朋友。他习惯了扮演凌厉孤单的角色，至少眼下还戴着面具。汉斯没有退缩。

"你一定得原谅我，海尔纳。我宁愿倒数第一，也不愿和你再这样下去。如果你愿意，我们继续做朋友，让他们看看，咱们不在乎他们。"

海尔纳回握了他的手，睁开了眼睛。

几天后，海尔纳也痊愈离开了病房。两人的重归于好在修道院激起了不小的波澜。这对朋友在接下来的几周度过了奇妙的时光。没有发生任何特别的事，两人间只是流淌着异常幸福的彼此归属的感觉，增添了一份无言而秘密的默契。这与以往不同。几周的分离改变了他们。汉斯变得更柔和、更贴心、更热情，而海尔纳则更有力量、更富男子气概。过去的日子两人彼此思念，而重逢就像一次伟大的奇遇、一份珍贵的礼物。

在友谊中，两个早熟的男孩带着懵懂的预感，提前品尝了初恋才有的温柔奥秘。此外对所有同学而言，他们的结合还带有某种成熟男性的苦涩魅力以及同样苦涩的挑衅。同学们依旧不喜欢海尔纳，更不能理解汉斯。他们所熟知的友谊，不过是些轻佻的男孩游戏。

汉斯品尝着友谊的爱意。他越是投入其中，越是疏远学校，对它感到陌生。幸福就像新酿的酒，流淌在他的血液和思想中，乃至李维和荷马都失去了光彩，变得不再重要。老师们看到原本完美的学生吉本拉特变成了问题少年，受到可恶的海尔纳的恶劣影响，感到非常吃惊。他们最害怕的事，莫过于看见早熟的男孩在本就危险的青春期，突然表现出奇怪的行为举止。无论如何，海尔纳身上的天才气质一直让他们感到恐慌——天才和教师之间横亘着深深的鸿沟。学校里出现天才，一直是教师们的噩梦。对他们来说，天才就是不敬师长的混蛋。这些人十四岁抽烟，十五岁谈恋爱，十六岁去酒馆。他们读禁书，写自作聪明的作文，一有机会就对老师明讽暗刺。在教师日志上，他们就是暴徒和被关禁闭者的候选人。教师们宁愿班上多十头蠢驴，也不愿出一个天才。严格说来，这也无可厚非，因为他们的任务不是激发和培养张扬的个性，而是培养会说拉丁语的人，会算数的人和愚忠的人。可是谁受到的伤害更深，老师还是学生？谁更像暴徒，谁更折磨人，谁玷污和亵渎了对方的灵魂和生命？这一切都无法深究，否则人们将不得不满心愤懑，不得不怀着怒气和羞愧回望自己的青春岁月。但这与我们无关。我们欣慰的是，真正的天才几乎总能完美地愈合他们的伤口，冲破学校的重重阻挠，创造出独属于他们的杰作。而在他们死后，在令人惬意的远方光芒的环绕中，他们将被当年就读学校的校长当作杰出而崇高的典范，向后世宣讲。如此一来，从一所学校到另一所学校，严苛的制度与自由精神之间争执不断。我们一次次看到国家和学校不遗余力地打压每年涌现出的少数更深刻、更有价值的天才，并将其扼杀在萌芽状态。一次次，正是那些被校长憎恨的人，那些经常受到惩罚的人，那些离经叛道的人，那些被驱赶的人，日后丰富了我们民族的宝藏。但也有些学生——谁知道多少人——在无声的反抗中耗尽了自己，走向了毁灭。

依照古老而优秀的学校传统，觉察到两个特立独行的年轻人苗头不对，校方不会给予爱护，而是会加倍苛责他们。只有校长试图以笨拙的方式，拯救他一向引以为荣、勤于学习希伯来文的汉斯。他叫他去办公室——曾经的老修道院院长的宅邸中美丽如画的带凸窗的客厅。据说住在附近克尼特林根的浮士德博士，曾在这里饮过几杯埃尔芬格葡萄酒。校长不甘平庸，也不乏见识和实用的精明，他甚至对学生们抱有某种善意，仁慈地愿意与他们平起平坐。他的主要缺点是虚荣心过强，因此他经常站在讲台上大放厥词。他不能容忍自己的权力受到威胁，权威受到质疑。他不能接受反对意见，也从不承认错误。所以毫无主见甚至诡诈的学生能和他相谈甚欢，而意志坚定又忠厚诚实的学生很难跟他和睦相处。哪怕是一丝一毫的反驳，都会让校长变得粗暴而不公。他善用鼓励的眼神和动情的语气扮演慈父和朋友的角色，此刻他正试图这么做。"请坐，吉本拉特。"男孩怯生生地进门后，他友好地伸出手，紧握住对方的手说道。

"我想和您聊聊。不过，我可以和您以'你'相称吗?"

"请便,校长先生。"

"你一定感觉到了,亲爱的吉本拉特,最近你的成绩有所下滑,至少希伯来文是这样。之前你是希伯来文学得最好的学生,因此看到你退步,我感到特别遗憾。你不喜欢希伯来文了?"

"哦,不是的,校长先生。"

"好好想想,这倒是常有的事。可能你将注意力转移到别的科目了?"

"没有,校长先生。"

"真的没有吗?要是这样,我们得找找其他原因。你能给我些提示吗?"

"我不知道……作业我都完成了……"

"当然,我亲爱的,当然。但是,其中存在差别[1]:你当然做了作业,这是你的义务。可是你以前更努力、更勤奋,也对学习更有兴趣。现在我很想知道,是什么打击了

---

1　原文为拉丁文。

你学习的热情。你该不会是生病了吧？"

"没有。"

"你最近头疼了吗？看上去你脸色不太好。"

"是的，我有时会头疼。"

"每天的课业对你来说太重了？"

"哦，不，一点儿也不多。"

"要么就是你课外读了太多书？尽管跟我说实话！"

"没有，我几乎什么都没读，校长先生。"

"那我就不明白了，亲爱的年轻人，一定是哪里出了岔子。你能答应我，好好努力学习吗？"

汉斯伸出手，放在权威伸出的右手上，他正严肃而温柔地望着他。

"这样就好，这样就对了，我亲爱的。千万别懈怠，否则你会被碾压在车轮下。"

他捏了捏汉斯的手。汉斯舒了口气，向门口走去，随后又被马上叫住。

"还有件事，吉本拉特，你和海尔纳走得很近，是这样吗？"

"是的,我们交往得很多。"

"我想,比起和其他人的交往,你和他交往得更多,对吗?"

"是这样。他是我的朋友。"

"怎么会?你们的天性完全不同。"

"我不知道,反正他现在是我的朋友。"

"你知道,我不太喜欢你这个朋友。他或许有几分才气,但他这个人,不知足,不安分,出不了任何成绩。他对你不会有好影响。我非常希望你能离他远点儿。"

"我做不到,校长先生。"

"做不到?这又是为什么?"

"因为他是我的朋友,我不能随便抛下他。"

"嗯。你最好多跟别人交往,不是吗?甘愿受这个差劲儿的海尔纳影响,你可是唯一一个。后果我们都看到了。他究竟有什么地方特别吸引你?"

"我不清楚。我们彼此喜欢。要是离开他,我就是个懦夫。"

"这样!那么,我不强迫你,但我希望你逐渐远离他。

那样我会很高兴，我会非常高兴！"

校长最后的口气失去了先前的柔和。汉斯现在可以走了。

打这以后，他又开始用功学习，但像从前那样大踏步前进，他无法做到。他只能勉强跟上进度，避免落后太多。他知道，某种程度上是这份友谊影响了他的学业，但他并不认为这是种损失，构成什么阻碍。相反，他认为这是笔财富，胜过他所失去的一切——从前那样按部就班地只为尽义务地活着，与现在这种更高尚、更有温情的生活无法相比。他像坠入情网的年轻恋人：认为自己有能力实现英雄伟业，却乏味于日常的枯燥琐碎，并常为自己被束缚在枷锁中绝望地叹息。他不能像海尔纳一样潦草地完成作业，快速而近乎粗暴地获取必要的知识。由于晚上的闲暇时间几乎都给了朋友，他只好强迫自己每天早起一小时，用来与希伯来文语法这位"敌人"搏斗，其实他真正感兴趣的只有荷马和历史。他暗自摸索着，去接近和理解荷马的世界。而历史中的英雄们不再只是名字和数字。他们近在咫尺，目光如炬，嘴唇圆润生动。每个人都有自己的脸和手——有的手红润、敦厚、粗糙,有的手静谧、冷静、如石,有的手修长、炙热、青筋密布。

阅读希腊文福音书时,他同样惊讶于书中的人物时常逼真地纷纷浮现眼前,甚至让他目不暇接。特别是有一次读《马可福音》第六章,耶稣和门徒们刚下船时——书中写道:"他们立即认出他,向他跑去。"——他也看见了人子靠岸,并立即认出他——不是因为他的体态和面孔,而是因为他深邃而充满爱意的双眼,如此伟大,闪着荣光,他浅褐色的手优雅、美丽而轻柔地做着召唤、邀请或欢迎的姿势。那只手似乎由隐居其中的一个精致强大的灵魂塑造。躁动的水波拍击着岸边,沉重的驳船船头瞬间清晰可辨,紧接着,整个画面便像冬日的呵气般消散了。

类似的情境不时出现:书中的某个人或某段历史跃然纸上。他们贪婪地从书中跳脱出来,渴望再活一次,渴望在活人的眼中重生。汉斯接受了这景象,被它吸引,感到震惊,又发现自己在转瞬即逝的幻象中发生着深刻而奇异的变化。黑暗的大地如玻璃般透明,他能看穿大地,而上帝正注视着他。这些珍贵的时刻不请自来,又毫无怨言地消逝而去,如朝圣者,如友好的客人,周身笼罩着神性和陌异,他不敢与之接近,又无法强迫他们留下。

他将这些经历深藏心中,没有告诉海尔纳。而海尔纳自己,先前的抑郁已经蜕变为烦躁不安和尖酸刻薄。他批评修道院、老师和同学们,指责天气,质疑人类的生活和上帝的存在,偶尔他还与同学激烈争吵或突然愚蠢地挑起事端。他被孤立起来,与其他人对峙,又转而更为狂妄自大,轻率地将这种对立激化为挑衅和敌对。吉本拉特无意阻止他,却也被卷入其中。于是这对朋友疏离了人群,成了一座明晃晃的、令人嫌弃的孤岛。汉斯渐渐感到不适。只是如果没有校长该多好,他让他暗戳戳感到害怕。他曾经是他最喜欢的学生,现在校长却对他冷若冰霜,故意无视他。而他对校长专长的希伯来文也随之失去了兴趣。

除了少数几个停滞不前的家伙,短短几个月内,四十名神学校的学生,身心都发生了变化。看到这一点,的确令人喜悦。他们中许多人都长得又瘦又高,手腕和脚踝正信心十足地生长着,挣脱没有随之增大的衣服。他们的脸,在逐渐枯萎的稚气和迟疑着开始自诩男子汉间呈现出各种细微差别。那些还没有发育出棱角分明的男性特质的孩子,至少因研读《摩西五经》,光滑的额头上现出暂时的、属于成年男子的严肃。胖脸蛋几乎成了稀罕物。

汉斯也变了。他和海尔纳一样高、一样瘦,却比海尔纳看上去老成。他原本细腻稚嫩的额头露出了分明的轮廓。他眼窝深陷,面容憔悴,四肢和肩膀瘦得皮包骨头。

在海尔纳的影响下,他越是对自己在学校的表现不满,越是痛苦地与同学们划清界限。他佯装傲慢,内心却十分自卑,他再也没有理由作为模范生和未来的尖子生蔑视他们。他们让他意识到这一点,他内心也备受煎熬地感知到这一点,对此他无法释怀,特别是与一向乖巧的哈特纳和那个厚颜无耻的奥托·温格发生过几次口角后。有一天,当温格再次奚落他、故意激怒他时,他失控了,一拳打上去。这是场恶战。温格虽说是个懦夫,但面对弱小的对手毫不手软,他狠狠地还击了汉斯。海尔纳当时不在场,其他人则袖手旁观,任凭汉斯被打。他被打得青一块紫一块,鼻子流血,肋骨酸痛。羞耻、疼痛和愤怒让他整夜无法入睡,但他没把这件事告诉他的朋友。打那以后,他彻底封闭自己,几乎不和室友们说一句话。

临近春天时,下午、周日和漫长的黄昏常常下雨,为此修道院的生活中出现了各种新团体,展开了许多新活动。卫城宿舍中有位优秀的钢琴家和两位长笛演奏家,他们定期举办两场晚间音乐会。日耳曼室成立了戏剧读书组。一些年轻的虔信派教徒设立了查经班,每晚诵读《圣经》中的一个章节,并附上卡尔夫版《圣经》注释。

海尔纳申请加入日耳曼室的戏剧读书组,遭到拒绝。他怒火中烧。为了报复,他又去了查经班,可那里的人也不欢迎他。于是他硬闯进去,以犀利的言辞和各种渎神的隐喻,与这个虔诚讨论《圣经》的谦逊小教会发生了争执和冲突。不过他很快厌倦了这类把戏,尽管在往后很长时间里,他的谈吐一直保持着嘲讽《圣经》的口气。只不过这次,他几乎没有受到关注,因为升入高年级后,同学们的注意力已经完全被一种进取精神和创立各种新社团占据。

人们谈论最多的是斯巴达室一个聪明幽默的家伙,绰号"邓斯坦"[1]。除了出风头外,此人唯一的兴趣是活跃气氛,以各种诙谐的恶作剧为修道院单调的学习生活创造喘息之机。他独创了一种新颖的方式制造轰动,并因此名声大噪。

一天早上,学生们从寝室一出来,就看见盥洗室的门上贴着一张纸。纸上以"来自斯巴达的六首短诗"为题,无情地讽刺了学生中一些特别人物之间的愚蠢行径、争执摩擦和友谊。吉本拉特和海尔纳这对,自然在被嘲讽之列。在这个"小王国"里,这件事立即引发轩然大波。大伙儿挤在门前,就像挤在剧院入口,议论纷纷,交头接耳,你推我搡,仿佛蜂巢中的雄蜂一股脑儿拥向即将起飞的蜂后。

---

[1] 生活于10世纪,曾任坎特伯雷大主教。他是英格兰修道院改革的倡导者,曾重振英格兰的修道风气,对修道院进行大规模扩建,并创办了一所著名的学校。

第二天一早,各类讽刺诗贴满了整整一扇门。其中不乏对原诗的反驳、赞许或全新的攻击。肇事者却明智地没有再次参与其中。他已经达到了目的。将火药丢进谷仓后,他此刻正搓着手,站在一旁看笑话。这两天,几乎所有学生都参加了"赛诗会",个个若有所思地踱来踱去,一心忙着对诗。或许对此不闻不问,像平常一样做功课的人只有卢修斯一个。最后,一位老师注意到此事,立即禁止了这场蛊惑人心的游戏。

狡黠的"邓斯坦"并没有头顶桂冠,安于现状,而是筹备着发起总攻。他的报纸创刊号已经推出。几周来,为了这份小开本、在草稿纸上誊写后由胶板机印制的报纸,他一直在搜集素材。他为报纸取名《豪猪》,寓意这是份以讽刺幽默见长的滑稽小报。一场《约书亚记》作者和一名毛尔布隆神学校学生间活泼的对话,是创刊号的重头戏。这份小报免费向每间宿舍发放两份,日后将每周出版两期,每份五芬尼,收入被指定用于娱乐基金。

"邓斯坦"一炮而红——他现在的风采酷似公务缠身的编辑和出版商。在整个修道院,他享有与当时威尼斯共和国著名的阿莱提诺[1]同样微妙的声望。

赫尔曼·海尔纳满怀激情地加入了编辑队伍，与"邓斯坦"一起，充当着古罗马尖酸刻薄的监察官角色。无论是他的才智还是他的毒辣，都引起众人的惊叹。这份小报让整个修道院的人屏气凝神，持续了整整四周。

吉本拉特任凭他的朋友得逞，自己既没有参与的兴趣，也没有参与的天赋。由于他被其他事困扰，起初甚至没有注意到海尔纳经常在斯巴达室过夜。最近他整日心神恍惚，无法集中注意力，学习进度缓慢，对任何事都提不起兴致。有一次，在讲李维的课上，发生了一件怪事。

教授点名叫他翻译，他却坐着不动。

"怎么回事？您为什么不站起来？"教授怒气冲冲地喊道。

---

[1] 16世纪意大利诗人、散文家、戏剧家，曾撰写恶毒讽刺权贵的文章，攻击罗马城中重要人物的道德缺失，审视罗马人的肉欲和腐败，并以此作为敲诈工具致富，恶名远扬。他被迫离开罗马迁往威尼斯后，成为众人追捧的对象，并在那里度过了辉煌而放荡的余生。他也被誉为色情文学的创始人。

汉斯一动不动。他直挺挺地坐在长凳上，微微低头，半闭着眼睛。教授的喊声惊醒他。恍惚间，他听见教授的声音似乎从远处传来，他还感觉到邻座的同学在使劲儿推他，但这些与他无关，他正被另一群人环绕。那些人触摸他，冲他说着什么，声音很近、很轻、很沉。事实上他们没有说话，而是像淙淙泉水般深切而轻柔地呢喃着。许多双陌生、充满预示、炯炯有神的大眼睛看着他——也许是他刚刚在李维的书中读到的罗马民众的眼睛，也许是他在梦中或在某幅画中看到的无名者的眼睛。

"吉本拉特！"教授喊道，"您睡着了吗？"

学生慢慢睁开眼睛，惊讶地看着老师，摇摇头。

"您睡着了！不然您能告诉我，我们现在在读哪句？"

汉斯指了指书上的句子。他很清楚教授在讲什么。

"您现在想站起来了？"教授不怀好意地讥讽道。汉斯站起来。

"您又在搞什么名堂？看着我！"

他看着教授。显然，教授对他的目光感到不满，失望地摇摇头。

"不舒服吗，吉本拉特？"

"没有，教授先生。"

"您坐下吧。课后到我办公室来。"

汉斯坐下来，低头读他的李维。他一直很清醒，清楚发生的事，但同时，他内在的眼睛却追随着许多渐行渐远的陌生身影。这些人目光明亮，盯着他看，直到他们彻底消失在远方的迷雾中。这时老师的声音、同学们朗读译文的声音，以及教室里所有细微的声响变得越来越清晰，最终像平日一样，一切都回归了真实。长凳、课桌和黑板一如既往，木圆规和三角板挂在墙上，所有同学围坐在他四周，许多人好奇而调皮地朝他张望。汉斯一惊。

"课后到我办公室来。"他听到了命令。上帝啊，究竟发生了什么？

下课后，教授朝他招手，带他走过呆望着他的同学们。

"您现在可以告诉我，您究竟是怎么回事？刚才您没睡着？"

"没有。"

"那我叫您时,您为什么不站起来?"

"我也不知道。"

"要么您没听见我叫您?您听力不好吗?"

"不是,我听见您叫我了。"

"听见了,但没站起来?您后来的眼神很奇怪,您到底在想什么?"

"什么也没想。我是想站起来的。"

"那为什么没站起来?身体不舒服?"

"我想,我没有不舒服。我不知道是怎么回事。"

"您头疼吗?"

"没有。"

"那好。您可以走了。"

晚饭前,他又被叫走,带回了宿舍。校长和校医正在等他。他们检查询问了一番,却没有明确任何病症。医生亲切地笑着,对此事不以为意。

"他有些神经衰弱,校长先生。"他轻声说,"一时的虚弱,一种轻度眩晕。要督促年轻人每天呼吸新鲜空气。至于头疼,我可以给他开些药水。"

从那以后，汉斯必须每天晚饭后去户外活动一小时。对此他并不反对。糟糕的是校长明令禁止海尔纳陪他，这让他气得直骂，又不得不屈服。于是汉斯独自一人散步，并从中找到了某些乐趣。那时正值早春，轻风中的新绿像纤柔的碧波，流淌在圆润优美的拱形山丘上。树木已褪去冬装，褐色枝条勾连的网本来线条明晰，此刻消散在嫩叶交织的多彩风景中，构成鲜活的绿波，交汇出一望无际的流动巨浪。

从前在拉丁语学校读书时，汉斯瞭望春天的方式与现在不同。那时他更活泼，更好奇，更注意细节。他观察归来的候鸟，鉴别鸟的种类，观察果树次第开花，而五月一到，他就开始钓鱼。现在，他不愿再用心区分不同的鸟，不再细瞧花蕾，辨识不同的灌木。他只欣赏一片生机盎然的景象、四处萌生的色彩，呼吸嫩叶的气味，感受柔和醉人的空气，赞叹着在田间漫步。他很容易疲惫，时常想躺下，随后沉沉睡去。他几乎总是不断看到各种并非围绕在他四周的东西。那究竟是什么，他不清楚，也不去考虑。那是些明亮脆弱的不寻常的梦，像一幅幅画，又像一排排奇异的树环绕他，而梦中没发生任何事情。纯粹的观赏也是一种体验——他被带到别处，带到另一些人那里。他漫步在陌生的、柔软得令人心旷神怡的土地上。他呼吸着异样的、充满轻盈细腻的奇幻味道的空气。这些画面有时又会被一种感觉取代，它朦胧、温暖、令人兴奋，仿佛一只轻巧的手带着柔软的触感抚摸他整个身体。

阅读和听课时，汉斯很难专注。凡是他不感兴趣的，都像幻影般从他手中溜走。在课堂上，除非提前半小时预习，否则他记不住一个希伯来文单词。而读书时，内在的直觉却频频变得真切有形：他看见文中描绘的一切都突然站出来。它们活着，行动着，比周围的一切更具象、更生动。他绝望地意识到，他的记忆空间不愿再接纳任何东西，几乎一天比一天颓废、混沌。而令他害怕和震惊的是，旧有的记忆时常清晰得令人毛骨悚然地突袭他。课堂上或读课文时，他父亲、老安娜或从前的老师、同学们会突然出现，夺走他片刻的注意力。此外斯图加特、考试和假期时的情形也不时浮现眼前。他看见自己拿着钓竿坐在河边，闻着阳光下水雾的气味，与此同时，这场白日梦中的一切又似乎已逝去多年。

一个傍晚，阴暗潮湿，他和海尔纳在大宿舍踱步，说老家、父亲、钓鱼和学校。他的朋友出奇的安静，由他说，不时点头，或沉思着用他整天把玩的小尺子在空中比画。汉斯也渐渐不吭声了。天晚了，他们坐在窗台上。

"喂，汉斯，"海尔纳终于开口，声音躲躲闪闪，又有几分激动。

"怎么？"

"哎，没什么。"

"没什么？还是说吧。"

"我只是想——因为你无所不谈——所以……"

"所以什么？"

"汉斯，告诉我，难道你从没追求过女孩吗？"

一阵沉默。这个话题他们从未谈过，对此汉斯很恐惧，但这个神秘区域像童话花园般吸引他。他感到自己脸红了，手指也在颤抖。

"只有一次。"他轻声说，"那时我还是个愚蠢的小孩。"

又一阵沉默。

"你呢，海尔纳？"

海尔纳叹了口气。

"还是别提了！——你知道，这些事不该说，没有意义。"

"不，不，还是说说。"

"——我有个心上人。"

"心上人。真的吗？"

"在家乡，一个邻家女孩。我曾经给过她一个吻。"

"一个吻——"

"是的，你知道，是黄昏的时候，天快黑了，在冰场，她让我帮她脱冰鞋，我吻了她。"

"她没说什么？"

"没有。她只是跑掉了。"

"然后呢？"

"然后——然后什么也没发生。"

他又叹了口气。汉斯看着他，就像看一个从禁苑中走出的英雄。

这时铃响了，到了上床睡觉的时间。熄灯后一片寂静，汉斯却一直醒着，一个多小时无法入睡。他想着海尔纳给他心上人的那个吻。

第二天，他想再问问，又难以启齿。另一个人，因为汉斯没有提及，也不好意思再说。

汉斯在学校的表现越来越差。老师们开始给他脸色，向他投去异样的目光，校长看见他就生气，阴沉着脸。同学们早已发现吉本拉特的成绩大不如前，不可能再争第一。海尔纳没有任何察觉，因为学业对他本来就不重要。汉斯自己对一切的变化十分清楚，却也并不在意。

在此期间，海尔纳厌倦了编辑那份报纸，彻底回到朋友身边。他不时违背禁令陪汉斯散步，和他并肩躺在阳光下，做白日梦、读诗或开校长的玩笑。汉斯每天盼着他能继续讲讲他的爱情故事，但日子一天天过去，他也难再问起。在同学中，他们越来越不受欢迎，因为海尔纳在《豪猪》上恶毒的嘲讽令大家更不信任他。

报纸过气了，已停刊。它本来也只为大家挨过冬春之交无聊的几周存在。现在是一年伊始的美丽季节，娱乐活动,诸如采集植物标本、散步或进行户外游戏足够打发业余时间。午休时,庭院里到处是做操的、摔跤的、跑步的、打球的,整个修道院热闹非凡。

这时又发生了一起轰动校园的事件。赫尔曼·海尔纳,肇事者和中心人物,再次成了众人的眼中钉。

校长从几个学生亲信处得知,海尔纳蔑视他的禁令,几乎每天陪吉本拉特散步。于是这回他越过汉斯,直接将主犯和他的宿敌叫到办公室。他直接称他"你",被后者立即拒绝。校长斥责他不服从规定,海尔纳反驳说,他是吉本拉特的朋友,任何人无权禁止他们交往。激烈争吵的后果是,海尔纳被关了几小时禁闭并被再次警告,他不得再与吉本拉特一起散步。

于是第二天,汉斯又开始独自在规定时间外出活动。两点钟,他回到大教室和同学们一起上课时,发现海尔纳不见了。和当时"印度人"失踪时一模一样,只是这回没人再相信失踪者是迟到了。三点时,全班同学和三位老师一起去找人。大家分头寻找,在林子的各个方向喊他的名字。有些人,包含两名老师在内,都认为他可能自杀了。

下午五点，该地区的所有警局都收到了报失电报，到了傍晚，一封快信已正式寄给海尔纳的父亲。天色已晚，众人仍未寻见海尔纳的踪影。所有宿舍的人都窃窃私语，直至半夜。大多数人认为他跳河了，也有人觉得他只是回家了。唯一认定的是，这名"逃犯"身上不可能带钱。

大家都盯着汉斯，认为他一定知道内情，但情况并非如此。相反，汉斯比任何人都更感意外、更担忧。夜里，宿舍里的人在相互打听、猜测、假设或拿这件事打趣时，他听着，整个人缩在被子里，久久无法入睡。在悲伤和恐惧中，他担心他的朋友。"他不会回来了"——这样的预感攫住他的心，他被焦虑和痛苦占据，直至在疲惫中昏沉睡去。

此时的海尔纳正躺在几英里外的一处林中。他浑身冰冷，冻得睡不着觉。但在自由的空气中，他放松地舒着气，伸展四肢，仿佛刚从紧锁的牢笼中挣脱出来。他中午从学校逃跑后，在克尼特林买了根面包。这会儿他不时咬一口，透过初春稀疏轻盈的枝条，凝视黑夜、星星和疾行的云。他不在乎往哪儿去，起码他已经逃离了那座可恶的修道院，并已经向校长证明，他的意志比任何命令和禁令都更强大。

转天，他们又白白找了他一天。他躲在一个村庄附近的田里，在稻草堆中度过了第二夜。次日一早，他又钻进林里，直到傍晚在去另一个村子的路上，被一名乡警逮个正着。乡警善意地开他玩笑，把他带到村公所。他的机趣和奉承话赢得了村长的心，村长甚至带他回家过夜，并在睡前款待他火腿蛋，让他吃个够。隔天，匆匆赶来的父亲接走了他。

出逃的孩子被带回时，修道院一片沸腾。但他高昂着头，似乎并不后悔这次短暂的天才出走。有人要他当众道歉，他拒绝了。面对教师们组成的秘密法庭，他并不畏惧，也毫不谦恭。他们本想留住他，但按照规定，已没有挽留的理由。于是他只能蒙受耻辱，被学校开除，并于当晚和他父亲一起离开，永远不再回来。至于他的朋友吉本拉特，他也只能与他握手言别。

校长先生就这一代表叛逆和堕落的特殊事件发表了生

动精彩的演讲。而他向斯图加特上级提交的报告则更恭顺、更客观，措辞更朴素。神学校的学生们禁止与这个离去的怪物通信。汉斯·吉本拉特对此当然一笑置之。几周以来，人们谈论最多的莫过于海尔纳和他的出逃。只是遥远的距离和飞逝的时间改变着人们的普遍判断，一些人后来想起这位他们当年避之不及的逃犯时，就像怀想一只飞走的鹰。

如今希腊室的客厅内空出两张桌子。后离去的人，并没像前一个那样迅速被人遗忘。不过校长更希望看到，第二个人的离去同样安静，同样彻底。海尔纳的确没有搅乱修道院的平静。他的朋友等了又等，始终没有等到他的来信。他走了，不知去向。他的身影和他的逃跑故事逐渐成为历史，最终成为传说。多年以后，在做出更多出格之举，走了更多弯路后，生活的艰辛将严厉地规训这位热情的少年，不过即使他不能成为英雄，至少也能成长为正派伟岸的男子汉。

留守的汉斯被怀疑事先知道海尔纳的逃跑，这让他彻底失去了老师们对他的好感。当他在课堂上一连答不出好几个问题时,一位老师对他说:"你为什么不跟你美丽的朋友海尔纳一起远走高飞?"

校长不理睬他,轻蔑怜悯地看着他,如同法利赛人看待税吏[1]。吉本拉特在他眼中已不再是个学生,而是麻风病人中的一员。

---

1 《路加福音》第十八章中,耶稣设了两个比喻。其中之一是关于祷告时自诩义人的法利赛人和远远站着、不敢举目望天、捶胸懊悔的税吏的比喻,以此警戒凡自高的,必降为卑,自卑的,必升为高。

# 第五章

　　像只囤积了粮食的仓鼠,汉斯靠先前积蓄的知识苟活,但很快,他就开始了窘迫的忍饥挨饿。几次短暂无力的冲刺后,失败带来的绝望让他几乎认为这种努力本身就在嘲笑他,于是他不再做无用功。他丢下摩西后放弃了荷马,无视色诺芬后,又撇下代数。他麻木地看着自己在老师们中的好名声逐步消失:从优秀到良好,从良好到平庸,最后彻底归零。头痛又成了家常便饭。不疼时他会想念赫尔曼·海尔纳,做着和他一样轻幻而大睁双眼的梦,在半梦半醒间恍惚几小时。最近他总以善意而谦逊的微笑面对老师们越来越多的责难。唯有善良的年轻助教维德李希被他无助的微笑刺痛,带着怜悯和仁慈之心对待这个脱轨的男孩。其他老师则十分粗暴。他们以轻蔑和无视惩罚他，或偶尔以嘲笑刺激他，试图唤醒他沉睡的雄心。

"要是您现在恰好没睡着，或许我可以请您读读这个句子？"

最气愤的当数校长。这个虚荣之人自负地认为，他的目光极具杀伤力，而当吉本拉特一再以谦恭温和的微笑回击他带有威胁性的傲慢蔑视时，他开始变得烦躁。

"您愚蠢的微笑简直莫名其妙。我看您不该笑，您该大哭。"

父亲的来信触动了他。信中，父亲慌张地恳求他痛改前非。校长之前给老吉本拉特的信让他极为震惊。作为一个正直的人，他在写给儿子的信中搜罗了他能动用的全部鼓励话和慷慨激昂的道德说教，却也在无意间流露出含泪的悲伤，这让儿子看了不免心酸。

所有这些不辱使命的青年引路人：校长、吉本拉特的父亲、教授们、辅导老师们，都在汉斯身上看到了邪恶的苗头，看到了阻碍他们实现愿望的涣散却执拗的力量，为此他们必须动用暴力，迫使他回归正轨。也许除了那位富有同情心的助教，没有人看到少年消瘦的脸上那无助的微笑背后，一个沉沦的灵魂在受苦，一个行将溺亡的人，在惊恐而绝望地四处张望。更没有人会想到，是学校、父亲和一些老师们野蛮的虚荣心，将这个孱弱的男孩逼到今天这步田地。他们放肆地践踏这个稚嫩孩子的纯真心灵——他们为什么让他在最敏感、最脆弱的少年时代，每天学到深更半夜？为什么夺走他的兔子？为什么让他在拉丁语学校不得不疏远同学们？为什么不许他去钓鱼、去散步？为什么灌输给他一个空洞而卑微的理想、一个腐朽而耗费心力的志向？为什么在州试结束后，他无权拥有一个受之无愧的假期？

现在，这匹被抽打的良驹瘫在路边，不中用了。

初夏将至，首席校医再次申明，汉斯不过是患了生长发育引发的神经衰弱症。他必须在假期中好好调养，吃饱饭，多去林中散步，这样会好起来。

可惜事与愿违，根本没等到假期。放假前三周，一堂下午的课上，汉斯被教授狠狠训斥了一顿。责骂声还在继续时,汉斯突然栽坐回板凳上,开始紧张地颤抖,继而爆发出一阵长时间的痛哭。他搅乱了整节课,事后还在床上躺了半天。

第二天数学课,老师叫他在黑板上画几何图形并求证。他走上去,却在黑板前头晕目眩。他用粉笔和尺子在黑板上毫无章法地画来画去,粉笔和尺子掉在地上时,他弯腰去捡,却跪在地上站不起来了。

首席校医对病人闹出的事端十分恼火。他慎重地重申了诊断,下令他立即休学,并建议去咨询神经科医生。

"他恐怕还得患上舞蹈症[1]!"他低声对校长说。校长点头,意识到此刻自己脸上烦躁愤怒的表情,有必要转换为慈父般的惋惜——这对他很容易,也符合他的身份。

他和医生分别给汉斯的父亲写了信,放在男孩的口袋里,随后打发他回家。校长的不快转变为深深的担忧——刚刚被海尔纳事件惊动的教育当局,将如何看待这一新的

---

[1] 一种罕见的遗传性神经退行性疾病,主要症状是特征性运动障碍和无法控制的抽搐。

不幸？出乎所有人意料，他放弃了发表与此事相关的演讲，且在汉斯临走前的几小时对他异常和蔼。他很清楚，他不会回来了——即使康复，本来已远远落后的汉斯，也不可能补上几个月，哪怕几周落下的功课。尽管他以一声鼓舞人心的、衷心的"再见"跟他道了别，但在接下来的一段时间，每当他走进希腊室，看到三张空荡荡的书桌时，心头还是一紧。他难以控制内心萌生要为两个天才学生的消失承担部分责任的念头。然而作为一个无所畏惧且品行端正的强者，他还是成功地将这些无用而幽暗的疑虑，从灵魂深处驱赶了出去。

修道院和它的教堂、大门、山墙、尖塔，渐渐消失在背着小行囊启程的神学校学生身后。巴登边境地区肥沃的果田取代了森林和连绵的丘陵，接着是普福尔茨海姆。小镇背后无数溪谷交错的黑森林暗蓝色的枞树山丘，在炎热的夏季比往常更蓝、更清新、更阴影密布。男孩不无欣喜地眺望着不断变幻的、越来越接近家乡特色的风光，直至火车即将到站，他才想到父亲。这时，对见面时的尴尬的恐惧彻底夺走了他旅途中小小的快乐。他想起当初出发去斯图加特考试，前往毛尔布隆入学时，路上的焦虑和忐忑的喜悦——这一切如今意义何在？他和校长一样清楚，他不会再回去了。上神学校、神学院，所有对未来充满豪情的展望都成了泡影。但这些并不让他难过，他害怕的是面对失望的父亲。他辜负了父亲，这让他心情沉重。他现在别无所求，只想好好歇歇，睡个够，哭个痛快，做场美梦，在经历了所有煎熬后能够独处，而他担心和父亲在家，这一切无法实现。火车快进站时，他头痛欲裂，不再望向窗外，哪怕列车正行驶在他最热爱的土地上，他曾满怀热情地在这里的高地和林中漫步。他担心坐过站，却还是差点儿错过在最熟悉的家乡火车站下车。

终于，他站在了月台上，手拿雨伞和行囊，迎接父亲的打量。校长的最后一封信让父亲对这个不成器的儿子从失望和愤怒转为张皇的担忧。他本以为汉斯已虚弱得不成样子，现在看见他尽管瘦削憔悴，但大体无碍，双腿还能行走，这让他稍感安慰，但糟糕的是他隐隐的恐惧。他对医生和校长笔下的神经衰弱症感到恐惧。他家里从来没人得过神经病。说起这类病人时,人们总是带着不解的嘲笑或轻佻的怜悯,好像他们是疯子一样。而现在,他的汉斯却带着这种病回了家。

到家的第一天没有受到责备,男孩心里很高兴。随后,他注意到父亲对他谨慎的照料显然是他强迫自己故意为之。有时他感到父亲用一种奇怪的、审视的目光盯着他,好奇地上下看他,压低嗓音,拿腔作调地跟他说话,偷偷观察他,于是他更加害怕,对自身状况的担忧开始折磨他。

天气好时,他走出家门,在森林里躺上几小时,这让他感觉好些。有时,一抹童年幸福的微弱余晖闪过他受伤的心灵:那时他乐意看花或甲虫,听鸟鸣或追寻野兽的踪迹——但这总是转瞬即逝。大部分时候,他懒懒地躺在青苔上,昏昏沉沉,徒劳地试着想些什么,直至梦境再次来袭,将他带到遥远的时空。他几乎一直头痛。当他回想修道院或拉丁语学校时,书籍、课本和作业构成的幻象像邪恶的梦魇扑向他。在他疼痛的头骨中,李维、凯撒、色诺芬和算术题正跳着混乱而令人难堪的舞。

有一次，他做了这样的梦：他看见尸架上躺着他的朋友赫尔曼·海尔纳。他死了。他往前凑，却被校长和老师们狠狠地推回去。他一次次往前冲，他们一次次痛揍他。不仅有神学校的教授和辅导教师，在场的还有拉丁语学校的校长和斯图加特的考官，他们个个努着脸。突然间，一切都变了。尸架上躺着的人变成了淹死的"印度人"。他的父亲曲着腿，戴着高礼帽，样子滑稽可笑，痛苦地站在一旁。

还有一个梦：他在树林里奔跑，寻找出走的海尔纳。他总是看见他的身影闪过远处的树干，可他一喊他，他就不见了。终于，海尔纳站着不动，让他过去，对他说："嗨，我有个心上人。"说完他疯狂地笑着，又消失在树丛中。

他看见一个俊美修长的男人下了船，目光平静神圣，双手美丽安详。他朝他跑去时，画面消散了。这画面究竟是什么？他思考着，突然想起福音书中的句子："他们立刻认出他，向他跑去。"随后，他开始考虑句中动词的变位，它的现在时、不定式、完成时和将来时。他必须为这个动词的单数、双数和复数全部变位一遍,稍一卡壳就吓得要命,浑身冒汗。等他回过神来,他感觉脑子里到处是伤。而等他的脸不自觉地挤出一个困倦的、听天由命又自知有罪的微笑时,他立即听到校长说:"您愚蠢的微笑简直莫名其妙。我看您不该笑,您该大哭。"

有几天汉斯感觉稍好,但总的来说他的病情没有任何好转的迹象,反而还在加重。曾经给他母亲看过病,并宣布了她的死亡的家庭医生,偶尔也给患痛风的父亲诊治。他看过汉斯后拉长脸,迟迟不肯说出自己的诊断。

这几周,汉斯才意识到,在拉丁语学校的最后两年,他没有一个朋友。当年的同学要么已经离开,要么做着忙碌的学徒,而他和他们中没人有联系。他不需要找他们,也没有人在乎他。有那么两次,老校长和他亲切地聊了几句,拉丁语老师和牧师在马路上和他客气地点点头,但是汉斯已跟他们无关。他不再是那个可以塞进一切的容器,那块可以播撒各类种子的田地。在他身上耗费时间和精力,已经不值得了。

要是镇上的牧师能多关照他,或许情况会好些。可牧师又能做什么？他当初已毫无保留地将他能给汉斯的一切给了他：他的知识，他对知识的探索精神。他不是那种拉丁语水平堪忧，布道内容无非是些陈词滥调，可人们不顺心时却乐于去求助的牧师。那类牧师能以善意的目光和亲切的话语面对受苦的人。还有老吉本拉特，他也不是个会安慰人的朋友，尽管他竭力掩饰自己对汉斯的怨气和失望。

因此汉斯感到被嫌弃，不被爱。他坐在小花园里晒太阳，躺在树林里胡思乱想，陷入各种折磨人的思绪中。阅读无法帮助他，因为一看书他就头痛、眼睛痛，无论他翻开哪本书，修道院的幽灵都会复活，他在修道院时的恐惧情绪都会立刻打击他，将他驱赶到令人窒息的可怕梦境中。在那里，一道灼热的目光盯着他，牢牢缚住他。

在困境和被遗弃的孤独中，另一个幽灵——赴死的念头——化身冒牌的安慰者，靠近了这个患病的男孩。它逐渐与他熟络，成了他的必需。搞到一把枪或在森林里的某处系个绳套，这不难办到。几乎每天，他都在这个念头的陪伴中散步，观察一处处僻静之地，最终找到了一个能安然赴死之所，并决定在那里结束自己的生命。他一次次探访它，坐在那里，一想到总有一天人们会在这里发现他的尸体，内心就涌上一阵莫名的快慰。他确定了拴绳的树干，测试了它的承受力。再没有什么能阻碍他去死了。渐渐地，他写写停停，也写好了给父亲的一封简短的遗书和一封给赫尔曼·海尔纳的长信。这些信将连同他的尸体一起被发现。

准备和准备就绪带来的安全感，对他的情绪产生了有益影响。坐在那根危险的树干下一连几小时，他身上沉重的压力消解了，一种近乎愉悦的幸福感油然而生。父亲也注意到他的状况有所改善，而汉斯则在一旁嘲讽地看着他——他多么喜悦啊！可他喜悦的原因，却是儿子的末日即将来临。

他为什么没早点儿吊死在那根美丽的树干上？他自己也不清楚。他决心已定，死已成定局。而与此同时，他暂时感觉良好。就像即将远行的人，他并不拒绝充分享受最后这段日子里灿烂的阳光和孤独的梦。他随时可以动身，一切已准备妥当。对他来说,再在老家多逗留一段时间,再看看那些对他致命的决定一无所知的人们,不失为一种苦涩的幸福。遇见医生时,他总会想:"好,你等着瞧!"

命运由着他陶醉于自己险恶的用心,乐得看他每天从死亡之杯中品尝几滴快乐与活力。或许对命运来说,这个残缺的年轻生命无足轻重,只是他必须完成他的轮回,而不是浅尝生活的苦涩甜蜜后,就从命运的计划中消失。

无法摆脱的痛苦画面渐渐淡去,取而代之的是疲惫的听天由命,一种麻木的沉闷情绪。在这种情绪中,汉斯任凭时间一天天流逝,漠然望着蓝天,有时似乎在梦游,有时又做回孩子。有一次,他落寞地坐在小花园里的枞树下,下意识地不停哼唱着上拉丁语学校时学的一首歌谣:

哦,我太累了
哦,我太虚弱
钱包里没钱
背囊里也空空如也

他哼着老调，毫无念想地唱了二十来遍。站在窗边的父亲听着，感到不寒而栗。他天性无趣，完全无法理解这种随性又毫无内涵的哼唱。他叹了口气，认定这是无可救药的神经衰弱症的表现。从那时起，他更紧张地注视着儿子的举动。男孩当然感觉到了，也为此痛苦，但他仍然没有拿上绳子，将它挂在那根结实的树干上。

不知不觉间，热天到了，州试和随后的暑假已过去一年。汉斯偶尔会想起去年的事，内心已无任何波澜。他变得相当沉郁。他想再去钓鱼，又不敢跟父亲说，每次站在河边时都为不能钓鱼苦恼。有时他会在无人注意时长久驻足岸边，热切地盯着黑黢黢的鱼儿们在水中无声地游来游去。每天临近傍晚，他都沿河边走一段路，去上游游泳。由于每天都经过警监盖斯勒家的小屋，偶然间，他看见自己三年前迷恋的艾玛·盖斯勒又在家了。他好奇地偷偷打量她几次，发现自己不再像以前那么喜欢她了。当时她是个娇小细腻的小姑娘，如今她已长大，动作笨拙，还留着时髦却显老的发型，完全毁了她的容貌。她穿着不适合她的长裙，或许她想像个淑女，但这种做法显然很失败。

汉斯觉得她可笑，但一想到自己当年每次见到她，都感受到一种奇特的甜美、幽深和温暖，又觉得遗憾——毕竟那时的一切都不同。那时更美好、更明快、更活泼。那时他只知道拉丁文、历史、希腊文、考试、神学校和头痛。那时他还有童话书和海盗故事书，花园里还有他自制的磨坊在转，晚上他还在纳斯霍尔德家门口听丽瑟讲探险故事。有一阵子，他以为人称"加里波第"[1]的老邻居大约翰是个杀人强盗，甚至梦到过他。一年到头的每个月他都有盼头：一会儿盼着收干草，一会儿盼着割苜蓿，随后又盼着第一次钓鱼或捉螃蟹，盼着收啤酒花、摇李子、烤土豆，盼着打谷子，其间还盼着每个可爱的周末和节日。那时有许多神秘而充满魔力的事物吸引他：各式各样的房子和巷子，台阶、谷仓、水井、篱笆、人和各种动物。

---

[1] 19世纪意大利自由战士，也是1820—1870年间意大利统一运动中最受欢迎的人物之一。

这一切对他来说或亲切熟悉，或神秘诱人。他帮着采摘啤酒花，听大姑娘们唱歌，他记得住歌词，内容大多诙谐，令人发笑，但其中有些歌词又很悲戚，让人听了喉咙哽咽。

所有这一切都在不知不觉间结束了，消逝了。先是晚上不再去丽瑟家，接着是星期天早上不再去抓金鱼，然后是不再读童话书。一个接一个，直至不再去摘啤酒花，花园里的磨坊不再转动。哦，它们都去哪儿了？

就这样，早熟的男孩在病痛中经历了无法实现的第二次童年。当年被教书先生们夺走的童年兴致，随着对那段美妙朦胧的岁月蓦然萌生的渴望又飞回来。他在记忆的森林中陶醉地徜徉，那记忆如此真实强烈。尽管或许有些病态，但他体验到的温暖和激情丝毫不亚于他过去在现实中的体验。被窃走和蹂躏的童年，像被抑制已久的泉水，在他心中喷涌而出。

一棵被砍掉树干的树，会在根部生出新芽。同样，一个年轻的灵魂生了病或遭受摧残，会回归春天般初生而遐思无限的童年，仿佛在那里能寻得新希望，能将断裂的生命线重新连接。然而根芽茂盛地匆匆萌发不过是生命的假象，它永远也不会长成大树了。

汉斯·吉本拉特经历了这一切。因此有必要跟随他去童年的王国，走走他的梦幻之路。

吉本拉特家挨着老石桥，位于两条截然不同的街夹角。一条街是城里最长最宽最显赫的街，名叫格贝尔街。另一条是个陡峭的上坡，又短又窄，十分贫败，名为"鹰街"。它得名于一家古老而早已歇业的客栈，客栈的招牌是一只鹰。

格贝尔街上的住户个个是正派可靠的老市民。他们有自己的房子，专属的教堂广场，自家的花园。花园后的梯田陡峭地向上延伸，其栅栏与19世纪70年代修建的长满黄色金雀花的铁路路堤相邻。唯有集市广场能与格贝尔街的贵气相提并论。那里庄严整洁，林立着教堂、市内务部、法院、市政厅和教区办公楼，给人高贵的都市印象。格贝尔街上虽没有官方建筑，但新旧不一的私人住宅都是漂亮的老式半木质结构房屋，有庄严的宅门，漂亮醒目的屋檐。街上仅有的一排房屋为整条街带来浓浓的亲切感，舒适而光线充足。路的另一边，河水在护墙脚下静静流淌。

如果说格贝尔街悠长宽敞，明亮雅致，那么"鹰街"则恰恰相反。那里的房屋阴森晦暗，东倒西歪，墙上尽是污渍，墙皮脱落。悬垂的屋檐让人联想到一顶大檐帽，许多门窗都破损、修补过，烟囱歪着，排水槽已年久失修。房屋争占着空间和光线。狭窄的巷子古怪地扭曲着，笼罩在永恒的暮色中，而阴雨天或日落后则变得潮湿，整条街弥漫着充满恶意的昏暗。所有窗口都伸出竿子，拴着绳子，上面总是晾满衣物，因为巷子虽又小又破，却住着多户人家，更别提那些租户和流浪汉。倾斜陈旧的房屋内，各个角落都住满了人，贫穷、罪恶和疾病在这里滋生肆虐。警察和医院与整个城市其他地区的关系，还不如他们与几家"鹰舍"的关系密切。斑疹伤寒假如暴发，必定是在这里；如若发生凶案，也必定是在这里。要是城里发生了盗窃案，首先要去找人的地方就是"鹰街"。流窜的小贩们都在这里有一席之地，其中包括滑稽的洗衣粉贩子霍特霍特和磨刀匠亚当·希特尔。据说他们有各种恶习，犯过各种罪。

刚上学那会儿,汉斯是"鹰街"的常客。他和一帮淡黄色头发、衣衫褴褛的坏男孩一起,听恶名昭著的洛特·弗罗米勒讲凶杀故事。这个女人与小客栈老板离了婚,坐过五年牢,年轻时是个远近闻名的美人,在厂里有不少情人。围绕她不时传出丑闻,男人们还为她打得头破血流。现在她独自生活,工厂下班后靠煮咖啡和讲故事打发时间。她家的门总是敞着,除了女人和年轻工人,一群邻家孩子也总坐在门槛上痴迷又紧张地听她讲故事。黑色的石炉灶上,大锅里烧着水。一旁的油蜡伴着蓝色的煤火,闪着离奇怪诞的光,照亮拥挤而阴森的房间,将听众硕大的影子映在墙上、天花板上,好似幽灵般晃来晃去。

在那里,八岁的男孩结识了芬肯贝恩兄弟。尽管父亲严令禁止,汉斯还是与他们保持了大约一年的友谊。他俩分别叫多尔夫和埃米尔,是城里最精明的混混,以偷水果和违反森林条例出名,也是制造无数恶作剧和各类把戏的高手。他们倒卖鸟蛋、铅弹、小乌鸦、椋鸟和野兔,夜间非法捕鱼,进城里所有人家的花园形同回家,因为再锋利的篱笆,再密集的碎玻璃,也挡不住他们轻易翻墙而入。

然而与汉斯结下不解之缘的是住在"鹰街"的赫尔曼·莱西腾海尔。他是个早熟的残疾孤儿,一个不寻常的孩子。由于他一条腿短,只能拄着棍子走路,所以他从不跟其他孩子在街头玩耍。他又瘦又小,脸上毫无血色,嘴角过早地流露出一丝辛酸,表情痛苦,长着个尖下巴。他精通各种手艺活儿,尤其热衷钓鱼,并将这份爱好传给了汉斯。汉斯当时还没有钓鱼许可,但他们还是在隐蔽的地方偷偷钓鱼。要说狩猎让人快活,那偷猎就是一种享受。一瘸一拐的莱西腾海尔教汉斯如何正确地切鱼竿、编马鬃、染线、缠线圈和磨鱼钩。他教他看天气、观察水,教他如何用麸皮把水搅浑,如何选择正确的鱼饵并固定好,告诉他如何分辨鱼的种类、倾听鱼上钩的动静,告诉他最合适的下鱼线的深度。他不是以说教,而是以示范或手把手教他握杆,体会收放线瞬间的微妙感觉,培养手部奇特的灵敏度。没有这种灵敏,根本无法钓好鱼。商店里卖的那些现成钓具:漂亮的鱼竿、软木塞、玻璃绳,他一律看不上眼,还对之冷嘲热讽。他让汉斯相信,鱼竿的每个部分要不是亲手做、亲自装,就不可能用它钓鱼。

汉斯和芬肯贝恩兄弟最后闹得不欢而散。而少言寡语的瘸腿莱西腾海尔,没有和他争吵就离开了他。二月的一天,他窝在简陋的床上,板凳上放着拐杖,拐杖上搭着衣服。他发着烧,没多久就悄无声息地死了。"鹰街"很快忘了他,唯有汉斯,长久地将他留在美好的记忆中。

他的离去远远没有耗尽"鹰街"怪人的数量。谁会不认识因酗酒而被解雇的邮差罗特勒呢?他每两周就会醉倒在街上一次,或者在夜里闹出事端,但平时,他就像个乖巧的孩子,脸上洋溢着善意的笑。他拿出椭圆形的罐子,让汉斯吸鼻烟,有时又让汉斯给他带钓到的鱼,他用黄油煎,请汉斯和他一起吃。他有一只装着玻璃眼珠的秃鹰标本,还有一个能播放过时舞曲的老式八音盒,声音又细又柔。谁能不认识老机械师博尔施呢?即使光着脚,他也总是套着袖套。作为一所老学校里严格的乡村教师的儿子,他记得住半部《圣经》和一些耳熟能详的谚语、道德箴言。但这一切外加他花白的头发,都无法阻止他向所有女人献殷勤并经常喝醉。喝多后,他喜欢坐在吉本拉特家墙角的路缘石上,叫着所有路人的名字,向他们滔滔不绝地炫耀他的谚语和箴言。

"小汉斯·吉本拉特,我亲爱的孩子,听我说!《西拉书》[1]里是怎么讲的?不出恶语,不存邪念的人有福了!一棵美丽的树,上头满是绿叶,一些会凋零,一些会萌发。人也一样:有的死去,有的出生。现在你可以回家了,你这头小海豹。"

老博尔施脑子里那些虔诚的警句,并不影响他同时熟知关于鬼魂或诸如此类的离奇传说。他知道它们在哪里出没,对自己讲的故事似信非信。他通常以怀疑、夸张又轻蔑的口气开始讲,似乎在拿故事和听众们寻开心,但讲着讲着,他会害怕地低下头,声音越来越轻,最后以一种令

---

[1] 《西拉书》又称《传道记》,是《圣经》次经中的一卷,属于智慧文学的一部分。《西拉书》主要教导智慧和道德,强调甘贫和谦逊的重要性,以及个人行为对社会的影响。

人信服又令人毛骨悚然的耳语结束。

这条贫败的巷子里究竟有多少阴森恐怖、讳莫如深、黑暗诱人的东西啊！锁匠布伦德尔也在他的店铺关闭、他本已废弃的作坊彻底破落后，住进了这条街。他在小窗前阴沉着脸，望着热闹的巷子，一坐就是半天。有时，邻家一个穿着破烂、脏兮兮的孩子落到他手上，他会气急败坏地折磨他，拧他耳朵，拽他头发，把他全身掐得青一块紫一块。然而有一天，他用一根锌丝吊死在了自家楼梯上，样子十分狰狞，没人敢靠近，一直到老技工博尔施用一把剪铁皮的剪子从后面剪断了锌丝，尸体才吐着舌头向前倒去，砰一声从楼梯上摔到惊恐的看客中间。

时常，汉斯一走出宽敞明亮的格贝尔街，步入阴暗潮湿的"鹰街"，欣喜又恐惧的压抑感，一种混合着好奇、敬畏、愧疚和刺激冒险的令人窒息的陌异气息就立即扑向他。只有在"鹰街"，童话、奇迹和闻所未闻的可怕事物才有可能发生，魔法和鬼魂才可能存在、令人信服，人们才会像阅读被老师没收的传奇故事书和骇人听闻的罗伊特林根民间传说一样，感受到痛苦的战栗。这些禁书讲述着太阳客栈老板[1]、盘剥者汉内斯[2]、刀锋卡勒、邮差米歇尔以及类似的黑暗英雄、重罪犯、冒险家的无耻行径和他们遭受的惩罚。

然而除了"鹰街",还有一个地方与众不同。在那里同样能经历不一样的人生,听闻不一样的故事,迷失在黑暗的顶楼和不寻常的房间。那是附近的一家大制革厂,一幢巨大的老房子。昏暗的顶楼挂着整张鞣制皮,地窖里有隐蔽着坑洞和禁闭的走廊。晚上,丽兹就在这里给孩子们讲迷人的童话故事。这里比对面的"鹰街"更安静、更友善、更有人情味,但神秘感丝毫不减。皮匠们在坑洞里、地窖里、鞣革场和晾晒地上干活儿的样子奇怪而有趣。偌大深邃的空间寂静无声,阴森恐怖,而同样吸引人的是壮

---

1 约翰·弗里德里希·施万又名弗里德里希·施瓦恩,绰号"太阳客栈老板",是18世纪的一名德国客栈老板、强盗和杀人犯。他是席勒《丧失荣誉的罪犯》中克里斯蒂安·沃尔夫的原型,也是赫尔曼·库尔茨《太阳客栈老板》的原型。

2 约翰内斯·比克勒又名"盘剥者汉内斯",是生活在18世纪末19世纪初的德国强盗,已被证实至少犯下211起罪行,其中大部分是盗窃和勒索,也有抢劫和谋杀。他的同伙共有94人。

硕而脾气暴躁的制革厂主。他像个食人魔,让人害怕,避之不及,而丽兹却像个仙女,在这幢奇怪的房子里走来走去。她是所有孩子、小鸟、猫和狗的保护者和母亲,心地善良,满脑子奇妙的童话和歌谣。

男孩的思绪和梦境在这个早已与他格格不入的世界里游荡。他从极度失望和无助中,逃回过去的美好时光。那时他仍充满希望,那时他眼前的世界是一片巨大的魔法森林,在它密不透风的深处隐藏着骇人的危险、魔法宝藏和翡翠城堡。他曾经触及这片荒野的一隅,但在奇迹出现之前,他已疲惫不堪。现在他又站在了神秘昏暗的入口,而这次,他是个带着闲散好奇心的被遗弃的人。

汉斯又去了几次"鹰街"。他在那里发现了旧日的昏暗,闻到了旧日的恶臭,看见了旧日的角落和没有灯的楼梯。老人和妇女仍坐在门口,脏兮兮黄头发的孩子们仍四处乱跑乱叫。机修工博尔施更老了,认不出汉斯,对他腼腆的问候也只是轻蔑地哼了一声。人称"加里波第"的大约翰已经死了,洛特·弗罗米勒也死了。邮差罗特勒还在,他抱怨男孩们打碎了他的八音盒,他给汉斯鼻烟,随后试着向他乞讨,最后他讲起了芬肯贝恩兄弟的现状:一个现在在烟厂工作,因为酗酒,已经像个老头儿了,另一个则在教堂行落成礼当天捅了人,随后逃之夭夭,迄今已失踪一年。一切都那么可怜,那么悲凄。

一天晚上,他去了制革厂。他被吸引着穿过大门和潮湿的庭院,仿佛他的童年以及所有失去的欢乐都藏在这栋硕大的老房子里。

经由弯曲的台阶,走过铺了鹅卵石的梯井,来到黑暗的楼梯前,他摸索着走到挂着皮料的顶楼。在那里,伴着刺鼻的皮革味,大团大团的记忆突然涌上心头。他又下楼摸到后院,那里有鞣革池和用来晾晒皮料的带窄顶的高脚架。丽兹正坐在墙边的长凳上,身旁放着一筐要削皮的土豆,一群孩子正围着她听故事。

汉斯在黑暗的门口停下脚步,倾听着。夜幕降临,制革厂的院子一片寂静。除了河水流经院墙后发出的微弱声响,只能听见丽兹削土豆皮清脆的沙沙声和她的说话声。孩子们安静地挤在一块儿,几乎一动不动。她讲着圣徒克里斯托弗的故事,仿佛一个孩子的声音正穿越夜晚的湍流,呼唤圣人。

汉斯听了一阵,随后悄悄穿过黑色的前廊,准备回家。他知道,自己不可能再做回孩子了,不能再在晚上,去制革厂的院子,坐在丽兹身旁。他避开了制革厂,正如他避开了"鹰街"。

# 第六章

时间已步入深秋。黝黑的杉树林中,零星的落叶树像火炬,闪烁着红黄相间的光。浓雾笼罩着深谷,河水在清晨清冽的空气中蒸腾。

当年的神学校学生每天仍在户外徘徊。他面色苍白,疲惫不堪,对一切都缺乏兴致,并极力回避着他本可拥有的一点儿交往。医生给他开了药水、鱼肝油,让他多吃鸡蛋,常洗冷水澡。

但不足为奇,这些都无济于事。任何健康的生命都需要生活的内容和目标,而年轻的吉本拉特已失去了这些。父亲现在决定,让他要么学做文书,要么学门手艺。尽管孩子身体虚弱,还需要恢复体力,但现在是时候盘算该拿他怎么办了。

自从最初的焦躁有所缓解，自从他自己也不再相信自杀真能成行，汉斯的情绪从手足无措和不断变化的恐惧，坠入稳定的忧郁中。他徐缓而毫无抵抗力地坠入忧郁，就像深陷一片柔软的沼泽。

现在，他漫步在秋日的田野，任凭心情受季节影响。凋敝的深秋，无声的落叶，枯黄的草地，浓稠的晨雾，植物在成熟和疲惫中垂死挣扎，一切都迫使他像所有病人一样陷入沉重、无望和悲伤中。他渴望与它们一齐消逝，一齐安眠，一齐死去，而令人痛苦的是，他的青春却与此背道而驰，宁静而顽强地坚守着生命。

他望着树木变得光秃秃，望着它的枝叶如何变得枯黄，变成褐色，望着乳白色的浓雾在林中升起，而果园，最后一次收获果实后业已凋敝，曾经色彩斑斓的蓝菊凋谢了，无人再来观赏。他看着干枯的树叶覆盖着那条过了游泳和垂钓季节的河流，结冰的河岸上唯有顽强的制革工仍在继续劳作。几天来，河水一直裹挟着大量果渣。榨坊和磨坊里正忙着酿苹果酒。果香在城里所有街巷中悄悄发酵。

鞋匠弗莱格也在下游的磨坊中租了台榨汁机,邀请汉斯来榨果汁。

磨坊的前院堆满了大大小小的榨汁机、四轮手推车,装满水果的篮子和麻袋,大圆木桶,双把手大木盆,普通的盆子,带盖的深桶,如山的褐色果渣,木制压杆,独轮手推车和空板车。榨汁机忙碌着,发出刺耳的嘎吱声、轰隆声、咔嚓声。大部分榨汁机都漆成绿色。这绿色和苹果渣的棕黄,苹果篮的颜色,青绿的河流,赤脚的孩子,秋日的晴空一齐诱惑着在场的每个人,让他们感到快乐,丰盛和生机勃勃。碎苹果的声音脆生生的,听上去就酸甜适口,令人胃口大开。来的人听到这声音,都会赶紧抓起一个苹果咬一口。新鲜甜美的红黄色苹果汁从管子里汩汩流出来,像是在阳光下嬉笑着。来的人看到这果汁,都会要上一杯,迅速品一口,随后回味无穷,眼眶湿润,感受到一阵甜美和愉悦流遍全身。这甜美而尚未发酵的果汁让方圆几英里的空气中弥漫着幸福的香气,浓郁而迷人的香气——这是一年中最微妙的气味,是成熟和收获的完美化身。在冬日来临前沉浸其中，会让人怀着感激之情想起许多好事、妙事：5月的绵绵细雨，夏日骤降的暴雨，秋日冰凉的晨露，春日的骄阳，夏天炽热的烈焰，想起怒放的白色、玫瑰红的花，丰收前果树上成熟的果子泛着的红褐色的光，以及四季轮回间所有美好而令人愉快的事物。对所有人来说，这都是金灿灿的日子！

有钱人和爱炫耀的，要是愿意屈尊露面，会亲手掂掇他们上等的脆苹果，数数他们成打或更多的苹果袋，用银制袖珍杯品尝果汁并让所有人听见，他们的果汁不掺一滴水。穷人则只有一袋苹果。尽管他们用玻璃杯或陶瓷碗掺水喝，但自豪和喜悦之情丝毫不减。那些由于种种原因没法榨果汁的人则穿梭在熟人和邻居的榨汁机间，跑遍各个榨坊，四处有人给他们倒酒或塞一个苹果。他们品鉴着，说几句行话，以证明自己在这件事上也不是外行。许多孩子，无论贫富，都端着小杯子跑来跑去，手里还拿着咬过的苹果和一块面包，因为自古就有个毫无根据的传说：喝果汁时吃口面包，就不会闹肚子。

院子里一派熙熙攘攘，更别提孩子们的喧闹声。所有声音汇成忙碌、兴奋、欢乐的海洋——

"来呀,汉纳斯,来我这儿,喝一杯吧!"

"谢谢嘿,我喝得都肚子疼啦!"

"一百磅你花了多少钱呢?"

"四马克,但棒极了。快来尝尝!"

偶尔也会闯点儿小祸。袋子还没打开,苹果就滚落满地。

"我的圣餐啊,我的苹果!快来帮忙啊,大伙儿!"

大家都帮忙捡,只有少数几个无赖想趁机发财。

"别往兜里揣,你们这些混蛋!想吃多少吃多少,但不能拿。等等,达尔凯特,你个蠢货!"

"嘿,邻居先生,别那么傲气!来尝尝我的!"

"简直是蜂蜜!比蜜还甜!你做了多少?"

"两桶,再多没有了,但还不赖。"

"好在不是大热天榨汁,否则我们全得喝光!"

几个脾气暴躁的老汉今年又来了。榨汁可少不了他们。虽说他们很久没亲手榨过,但经验老到,又总爱论及当年——那时的水果多得像上天恩赐的礼物。那时的一切都又好又便宜，根本不会有人想往果汁里掺糖，而且那时树上结的果子也完全不同。

"那才叫真正的收成！单单我那一棵苹果树，就结了五百斤。"

不过尽管时运不济，这几位爱发牢骚的老汉今年还是帮着品尝了不少。有牙的还啃着苹果，其中一个还往肚子里硬塞了几个大瓦德尔梨，吃到肚子疼。

"我跟你说，"他感叹道，"这样的梨，以前我一次能吃十个。"他无奈地叹息着，回忆起当年吃十个瓦德尔梨而不会肚子疼的时光。


弗莱格先生的榨汁机立在嘈杂的人群中。年长的学徒在一旁帮忙。他的苹果产自巴登州，苹果酒也总是最可口。他窃喜，也不阻止任何想"尝尝"的人来一口。高兴的当然还有他的孩子们。他们嬉戏打闹，在人群中快活地奔来窜去。但最高兴的要数他闷声不响的学徒。他从山上林区下来，出自一户贫苦农家，能在户外劳动让他筋骨舒适，此外上好的果汁他也爱喝。他露齿而笑，一张健康的农家男孩脸,像是戴着萨堤尔[1]面具。他那双修鞋匠的手,洗得比往常任何一个星期天都干净。

汉斯·吉本拉特来到磨坊的前院,安静而有些腼腆。他原本并不情愿来,甚至想马上掉头离开,只是他刚站在榨汁机旁,就有人迎面递给他一杯苹果汁。递果汁的是纳绍尔特家的丽兹。他尝了尝,咽下去,苹果汁香甜浓烈的味道立即勾起他对往年秋天一串串开怀日子的回忆,同时也让他胆怯地渴望加入其中,再找点乐子。熟人跟他攀谈,有人给他递果汁,走到弗莱格的榨汁机旁时,欢乐的气氛和甜香已牢牢吸引他,改变了他的心意。他兴奋地跟鞋匠打招呼,还开了几个应景的玩笑。鞋匠掩饰着内心的诧异,愉快地欢迎他的到来。

过了半小时,一个穿蓝裙子的姑娘走过来,朝弗莱格和学徒笑笑,开始帮着干活儿。

"汉斯,"鞋匠说,"这是我侄女,从海尔布隆来。她

---

[1] 古希腊神话中好色的、像山羊般的森林精灵,经常作为狄俄尼索斯神的陪同出现。

更习惯另一种秋收。她们那里盛产葡萄酒。"

她大概十八九岁,和平地人一样活泼风趣,个头不高,但身材匀称丰满。圆脸上那双温情脉脉的黑眼睛和一张漂亮可亲的小嘴,显得她既有趣又聪明。总之她一看就是个健康开朗的海尔布隆女孩,绝不像虔信派鞋匠家的亲戚。她完全属于世俗世界。看她的眼睛就知道,她不像个能在深更半夜读《圣经》和《戈斯纳珍集》[1]的人。

汉斯突然感到不安,急切地盼着这个叫艾玛的姑娘尽快离开。可她却留下来,有说有笑,还对每句俏皮话应答如流。汉斯害羞了,一句话也不说。他向来害怕和必须以"您"相称的年轻姑娘打交道,而她又那么活泼,那么健谈,无视汉斯的存在,对他的害羞更是熟视无睹。于是他无助地、受辱般缩起触角,躲得远远的,像只被车轮撞上的蛞蝓。他一声不响,努力装出百无聊赖的样子,却并不成功,反而像刚死了亲人般表情悲切。

---

[1] 《戈斯纳珍集》收录了德国作家、赞美诗作者和传教士约翰内斯·伊万杰里斯塔·戈斯纳对《圣经》的思考,并为一年中的每一天配上振奋人心的歌曲,以促进人们在精神上的奉献与虔诚。

没有人有工夫注意他，特别是艾玛。汉斯听说她来弗莱格家才两个星期，已经对整个小城了如指掌。她在院子里忙来忙去，尝新榨的果汁，跟人说说笑笑，又跑回来，表现得既热心又勤快。她抱起孩子，主动给人递苹果，为四周带来一片欢声笑语。她叫住每个路过的男孩，问他们"想要苹果吗？"随后挑一个漂亮的红苹果，双手背到身后，让他们猜"右手还是左手？"男孩们总是猜不对，开始愤愤地骂人，这时她才勉强递上一个，却是个小青苹果。她似乎对汉斯也早有耳闻，问他是不是那个经常头疼的人，可还没等他回答，她就开始去和旁人聊天了。

汉斯动了回家的念头时，弗莱格递给他一根压杆。

"汉斯，你来接着干吧，艾玛会帮你。我得去趟车间。"

师傅走后，学徒奉命跟师娘一起搬走榨好的果汁。榨汁机旁只剩下汉斯跟艾玛。他咬着牙，泄愤似的拼命干活儿。

怎么压不下去——他觉得奇怪，抬头间，看见女孩正冲他爆发出一阵大笑。原来她为了取乐，正在另一边压着压杆。汉斯气愤地再压,她又拿他开玩笑。

汉斯不吭声,继续压压杆,而另一头,姑娘还用身体抵着。他忽然更害羞了,感到不安,慢慢停下手里的活计,心头涌上一阵甜蜜的恐惧。年轻姑娘满不在乎的大笑,让他忽然觉得她与众不同,更亲切,也更陌生。于是他也笨拙地偷偷笑了。

压杆完全停下来。

艾玛这时说:"咱别费那劲儿了。"说着递给他自己刚喝过的半杯果汁。

这果汁比先前的更浓更甜。他喝完后欣喜地望着空杯,奇怪自己为何心跳加速,呼吸也变得急促。

随后他们又忙活了一阵。汉斯魂不守舍,根本不知自己在做什么。他试着凑近她,好叫姑娘的裙子能碰到他,手能触到他的手。可这一切真正发生时,他的心又害怕而欣喜地战栗,浑身发虚,既甜美又愉快,乃至膝盖发软,头晕目眩,脑袋嗡嗡响。

至于他说了什么,他完全不清楚。他只是回答了她的提问,她笑,他也跟着笑,要是她说了什么出格的,他就指着她吓唬她。他还两次喝光了她递上的果汁。与此同时，一大堆碎片记忆闪过脑海：女仆和男人们晚上站在门口，故事书里读到的三两句话，赫尔曼·海尔纳曾给他的吻，还有许多关于"女孩们"和"有心上人的感觉"的句子、故事，同学间的窃窃私语。他喘着粗气，像一匹爬坡的马。

一切都变了。周围的喧嚣和熙攘的人群化作嬉戏的云朵，五彩斑斓。说话声、谩骂声和笑声，统统淹没在一片混沌的轰鸣中。如画的河水和老桥显得如此遥远。

就连艾玛也变了样。他再也看不清她整张脸——只看见她一双幽深欢快的眼睛，一张红润的嘴，嘴里雪白的尖牙。她的身影逐渐模糊，他只看见其中部分细节——她的低帮鞋，她的黑袜子，她颈项上的一缕鬈发。他看见她圆润的脖子晒得黝黑，隐藏在蓝色的头巾中。他看见她结实的肩膀和伴随呼吸起伏的如浪的胸脯，看见一只微红的半透明耳朵。

过不多时，她的杯子掉进木桶，她弯腰去捡，膝盖抵住了木桶边他的手腕。他也弯下腰，却更慢，脸几乎碰到她的头发。她的头发松散卷曲，散发着淡淡的香气。头发的阴影下，她美丽的后颈闪着棕色温暖的光。这抹光延伸至她穿着紧身蓝裙子的胸部。胸衣虽绑得紧，他还是在露出的一道缝隙间窥见了她的点点肌肤。

她直起身时，膝盖滑过他的手臂，头发轻拂他的脸颊。她的脸因弯腰涨得通红。这时汉斯全身一阵剧烈地颤抖，脸色发白，刹那间感到深深的疲倦，甚至不得不紧紧抓住榨汁机。他的心脏几乎跳出胸膛，双臂无力，肩膀疼痛难忍。

这一刻起，他几乎不再说话，也竭力回避女孩的目光。可只要她一转头望向别处，他就定定看着她，目光中糅杂着前所未有的欲望和自知的愧疚感。在这段短暂的时光中，某些东西撕扯着他的心，一片带有蓝色遥远海岸的陌生而诱人的新天地，展现在他的心灵面前。他尚且不知，或仅仅有所预感，他内心的煎熬和甜蜜的痛苦究竟意味着什么，也闹不清楚，他心中究竟是困苦多，还是情欲多。

然而情欲意味着他年轻的爱之力获得了胜利，他强大的生命力初露端倪，而痛苦意味着清晨的宁静被打破，他的灵魂已出离童真的国度，再也找不到归途。他那叶轻舟刚刚勉强躲过首次海难，此刻又遭受新的风暴，陷入蓄谋已久的浅滩和令人粉身碎骨的危岩边缘。即便受过最好指引的青年，也再找不到向导。他必须依靠自身的力量，寻得道路和救赎。

好在学徒回来了，接替了他榨汁的工作。汉斯又待了一阵，期待着艾玛能给他些抚慰，说几句好话，可她却去别人的榨汁机旁闲聊了。汉斯在学徒面前有些尴尬，一刻钟后，他不辞而别，回家去了。

一切都变得非同寻常。一切都那么美，那么振奋人心！果渣喂肥的麻雀在从未如此高远、美妙，从未如此蓝得令人心醉的天空中叽叽喳喳，飞来飞去。河水从未如此纯净、碧蓝，像面镜子般欢笑着。波浪在堤坝上激起的泡沫从未如此耀眼，如此洁白。眼前的一切像幅刚刚绘就的画卷，镶嵌在清澈崭新的玻璃框中。一切都像在等待一场盛大庆典的开幕——汉斯胸中也强烈涌动着令人窒息的焦灼和甜蜜。那是种奇特而莽撞的冲动，非凡靓丽的希望混杂着羞怯又满心怀疑的恐惧，害怕它只是场永远无法实现的梦。这些分裂的知觉不断膨胀，汇成暗涌的奔泉，一种情感，就像他体内某种极为强大的力量要挣脱束缚、自由呼吸——也许以啜泣，也许以歌唱、以尖叫或以放声大笑。唯有在家里，这种躁动才稍事平静。在家里，一切如常。

"你这是打哪儿回来？"吉本拉特问。

"去磨坊帮弗莱格了。"

"你榨了多少果汁？"

"我想，有两桶吧。"

他请求父亲，如果今年也去榨汁，就邀请弗莱格的孩子们来玩。

"应当的，"爸爸喃喃道，"我下周去榨汁，到时叫上他们。"

离吃晚饭还有一小时。汉斯出门去花园。那里除了两棵枞树外，几乎已没有任何绿意。他随手扯下一根榛树枝，在空中挥舞，唰唰打落枯叶。太阳已落至山背后，群山黑色的轮廓和毛茸茸的棕树梢划破了碧蓝、清澈而潮湿的晚空。一片灰色卷云泛着黄褐色的微光，像一艘返航的船，穿过稀薄的金色空气缓慢而惬意地飘上山谷。

汉斯漫步在花园中，成熟而璀璨的夜色以一种奇异陌生的方式吸引他。他不时停下脚步，闭上双眼，试着想象艾玛站在他对面的压榨机前，想象她如何让他喝下她杯中的果汁，想象她弯下腰，涨红了脸，又直起身。他看见她的头发，她穿着蓝色紧身裙的身影，她的脖子和遮住她后颈的黑发。一切都让他渴望，让他颤抖。只是她的脸，他再无法想象了。

太阳落山时，他并没感到凉意，而是觉得渐晚的暮色像层薄纱，充满难以名状的神秘。尽管他明白，他爱上了这个海尔布隆女孩，但他仍只是朦胧地将血液中被唤醒的男子气理解为一种异常的、令人焦躁又令人疲惫的状态。

吃晚饭时，已然发生变化的汉斯坐在熟悉的家中，感觉与以往不同。父亲、老女仆、餐桌和餐具以及整个周遭突然变得苍老。他以一个陌生人的目光，像个刚从远方归家的旅人，惊诧而温柔地打量着一切。当初他准备上吊，跟那根树杈眉来眼去时,他面对眼前同样的人和物,心态截然不同。那时他是个准备告辞的人,怀着某种忧伤的优越感,而现在,他感受到的是回归、震惊、笑意和重新拥有。

吃过饭后,汉斯正准备起身,父亲以一贯言简意赅的方式说:"汉斯,你愿意当机械工,还是要当抄写员?"

"怎么?"汉斯吃惊地反问道。

"下周末,你可以去舒勒的车间当学徒,或下下周去市政厅学抄写。仔细考虑一下!我们明天再谈。"

汉斯起身走出去。这突如其来的提问让他感到困惑,甚至有些迷糊。他想不到,几个月来本已陌生的日常、活跃又新鲜的生活,竟以一种诱惑和威胁的面目出现在他面前,需要承诺,提出要求。他不想当机械工,也不想做抄写员。这些行业都是辛苦的体力活儿,这让他有些畏惧。这时他想起他昔日的同学奥古斯特,他已经当了机械工,或许可以跟他打听一下。

对这件事的思考渐渐变得模糊暗淡,似乎对他来说,它并不紧迫、重要,而另一些思绪驱使他在走廊里焦躁地踱来踱去。突然，他脑海中闪过一个念头，他一定要再见到艾玛。于是他拿起帽子，走出家门，漫步到巷子里。

天色已晚。附近一家酒馆里飘出叫闹声和沙哑的歌声。一些窗子陆续亮起灯，向暗夜的空气投射微弱的红光。一排年轻女孩迎面走来，相互挽着胳膊，欢脱地说笑嬉闹着。忽明忽暗的光中，她们摇曳的身影像青春和欲望的暖流，奔涌在沉睡的巷子里。汉斯久久望着，心脏几乎跳到嗓子眼。一扇带窗帘的窗子飘出小提琴声。一个女人在泉边洗菜。桥上，两个男孩带着心上人在散步。其中一个轻牵着女孩的手，摇着她的胳膊，抽着雪茄。另一对则紧紧相依，难舍难分。小伙子搂着姑娘的腰，姑娘的肩膀和头紧贴在小伙子的胸膛上。这场景汉斯看过百次，却从未留意。而现在，它有了秘密的含义，晦暗不明却充满情欲的甜蜜含义。他的目光停留在两对恋人身上，他的幻想却敦促他去预感、去理解这场景的意味。他心惊肉跳地感知到自己正接近着一个不知是美味还是骇人的巨大谜团。在颤抖中，他感知到这谜团中既有甘美，也令人恐惧。

他在弗莱格家门前驻足，却没有勇气进去。他究竟来做什么，准备说什么？他不由得想起自己十一二岁时的往事。那时他经常来这里。弗莱格给他讲《圣经》故事，耐心回答他迫切渴望知道的有关地狱、魔鬼和鬼魂的事。这回忆让他感到不适，也让他感到内疚。他不知自己要做什么，甚至不知自己期望着什么。在他看来，他正面对着一些被隐藏和被禁止的事。在他看来，他站在黑暗的鞋匠家门口却不进去，是对鞋匠的不敬。如果鞋匠看见他站在这儿，或他刚好要出门，他可能根本不会骂他，而是会嘲笑他，这恰恰是他最担心的。

他悄悄溜到屋后。在这里，他可以透过花园的栅栏看见亮着灯的起居室。鞋匠师傅不见踪影。女主人似乎在缝纫或编织。大孩子还没上床，在桌边看书。艾玛走来走去，显然在忙着打理家务，因此他只看见她一次次一闪而过。四周一片寂静，听得清小巷里每个远去的脚步声，花园外河水静静的流淌声。夜色越来越深，凉意越来越浓。

起居室窗边的走廊里有扇黑漆漆的小窗。过不多时，窗前出现了一个模糊的身影。那身影探出头，望向黑暗。汉斯认出那是艾玛，焦急的心几乎停止跳动。她一直站在窗前，久久地、平静地向外望着，而他不知她是否看见他，认出他。他一动不动，定定地心惊胆战地看着，既希望她看见他，又害怕她认出他。

那个模糊的身影很快消失在窗边。紧接着，小花园的门响了，艾玛从屋里走出来。汉斯吓了一跳，想赶紧逃跑，但身体不甘心地靠在栅栏上，看着女孩穿过黑暗的花园，慢慢朝他走来。她走的每一步都在驱赶他逃跑，而另有一种更强大的力量却把他拉回来。

现在，艾玛站在他面前了，不到半步之遥。两人间只隔着一道低矮的栅栏。她专注而好奇地看着他，久久没说话，随后轻声问：

"你想干吗？"

"不干吗。"他说。她称他"你"，这让他感到她的话像一次爱抚，掠过他的皮肤。

她的手穿过栅栏伸向他，他温柔羞涩地握住，轻轻捏捏，随后意识到她并没有退缩，于是鼓足勇气，小心又细腻地抚摸她温暖的女孩手。她心甘情愿任凭他抚摸，于是他又把那双手贴在自己的脸颊上——透彻的快感、奇异的暖意和极乐微醺的倦意潮水般涌遍他的全身。他似乎感到周围的空气变得更温和，更燥热，更潮湿。他再也看不见小巷或花园，眼前只有这张明亮的脸和一缕垂下的黑发。

像是从遥远的夜空传来的回声，女孩轻声问：

"你想吻我吗？"

那张发亮的脸凑得更近了。她身体的重量压得栅栏微微向外倾斜。散发淡淡香味的蓬乱秀发拂过汉斯的额头。她洁白宽阔的眼睑和乌黑的睫毛覆盖着的轻闭的双眼，紧紧贴向他的双眼。当他受惊的双唇碰到女孩的嘴时，一阵剧烈的战栗传遍他的全身，他立即缩回去，但她的手抱着他的头，脸贴着他的脸，不放过他的嘴唇。他感到她的嘴在燃烧，他感到她的嘴紧贴着他的嘴，贪婪地吮吸着，就像要将他的生命一饮而尽。一种深深的虚弱感笼罩着他的周身，甚至在那陌生的嘴唇离开前，颤抖的情欲就早已变成致命的疲惫和痛苦。艾玛终于松开他。他几乎跌倒，赶紧用抽搐的手紧紧抓住栅栏。

"你呀，明晚再来。"艾玛说完，快步走回房里。她走了还不到五分钟，汉斯却感觉过了很久。他失神地望着她离去的方向，紧紧抓着栅栏，疲惫得甚至迈不动步子。他做梦般听着脑海中的血液奔涌、冲撞，心中潮水般不断涌动着起伏不定的、痛苦的巨浪，几乎让他窒息。

这时他看见房门开了，可能是去作坊的鞋匠师傅回来了。汉斯怕被他看见，吓得赶紧离开。他不情愿地慢慢走着，心里七上八下，就像个微醺的人，每走一步，都无力地想要跪下。阴暗的巷子、昏睡的屋檐和暗红色的窗像褪色的布景，从他眼前掠过，还有小桥、河水、庭院和花园。格贝尔街的喷泉溅起水花，声音出奇的响亮。汉斯梦游般打开门，穿过漆黑的走廊，爬上楼梯，打开又关上一扇门，又关上另一扇门，在一张桌前坐下，过了许久才清醒，意识到自己已经在家，坐在自己的房间里。又过了一阵，他下决心脱掉衣服。他心不在焉地脱着，一直坐在窗边，直到秋夜的寒气逼迫他钻进被窝，枕在枕头上。

他以为自己能马上睡着，可他刚一躺下，刚感到一丝温暖，心脏就又开始狂跳，血液又开始横冲直撞地剧烈奔涌。他一闭上眼睛，女孩的红唇就贴上他的嘴，像是要吸干他的灵魂，要以难耐的燥热燃遍他的全身。

他很晚才睡着，从一个梦匆匆逃向另一个梦。他站在一片可怖的黑暗中，摸索着抓住艾玛的胳膊，她也紧紧抱住他，两人一起徐缓地坠入温暖深邃的洪流。这时鞋匠突然站在他面前，问他为什么从不去看他。他笑了，注意到那并不是弗莱格，而是海尔纳。他正挨着他，坐在毛尔布隆小礼拜堂的一扇窗边，跟他开着玩笑。但马上这一切就消失了。他又站在榨汁机旁，艾玛抵着压杆，他正竭力与之对抗。她弯下腰寻找他的嘴唇，四周又变得安静、漆黑。他再次沉入温暖黑暗的深渊，因头晕和致命的恐惧昏迷过去。可与此同时，他又听见校长在演讲，不知那番话是否是在说他。

随后他一觉睡到天亮。次日是金秋中生机盎然的一天。他在花园中来回踱步，试着醒来，试着清醒，但整个人仍被浓浓的困意包围。他看见紫色的雏菊，花园里最后的花，在阳光下美好地欢笑，仿佛仍是8月。他看见温暖慈爱的光温柔地爱抚着枯萎的树枝和光秃的藤蔓，宛如初春。可这一切与他无关。他只是看着，毫无体验。他突然被清晰而强烈的记忆攫住：那时他的兔子还在花园里跳来跳去，他的水车和锤磨还在运转。他想起三年前9月的一天，那是色当节[1]的头天晚上，奥古斯特来找他，带来了常春藤。他们将节庆的旗杆擦得锃亮，将常春藤系在旗杆金色的顶端，谈论着明天，期待着明天。除此之外，那是平静的一晚，他俩都沉浸在过节的喜悦中。旗帜在阳光下闪闪发光，安娜烤了李子蛋糕，准备着晚上在高高的岩石上点燃"色当之火"。

汉斯不知他为何今天突然想起那晚，不知这段记忆为何如此鲜活有力，又为何令他痛苦悲伤。他不知道，在这段记忆的掩饰下，他的童年和少年时代再次愉快地、微笑着站在他面前，与他告别，以曾经存在却已一去不返的巨大幸福刺痛他。他只觉得，这段记忆与他昨晚对艾玛的思念格格不入，他内心已升起一些与那时的幸福不相称的东西。他仿佛又看见金色的旗杆闪着光，听见朋友奥古斯特

---

[1] 色当节又称色当日，是德意志帝国时期每年9月2日庆祝1870年9月2日对法战争期间，德军攻克被认为坚不可摧的位于法国东北部色当的纪念日和公共假日。

的笑声，闻见新鲜蛋糕的香味，这一切是多么快乐幸福，又多么遥远陌生，乃至他靠在云杉粗糙的树干上，绝望地泣不成声，乃至这短暂的哭泣，为他带来了安慰和救赎。

中午时分，他跑去找奥古斯特。奥古斯特现在是老资格的学徒。他长大了，人也魁梧了不少。汉斯跟他说起自己可能要当机械工的事，征求他的意见。

"这可是大事。"他老于世故地说，"可不是闹着玩的！就你这副弱不禁风的样子——头一年可得在锻造车间锤一整年铁。那该死的大锤可不是汤勺！你还得扛着铁到处跑，晚上还得打扫卫生。锉铁也要下力气。一开始，你干不出个名堂，拿到的只能是旧锉刀，啥也锉不了，那锉刀比猴子屁股还光溜。"

汉斯听了，立即泄了气。

"是吗，那我最好对当机械工敬而远之？"他胆怯地问。

"天哪，我可没这么说！你可别打退堂鼓！我只是说一开始，不能把那儿当舞池。除此之外，没错——干机械工可是个精细活儿。知道吗？还得有点儿头脑，否则你只能当个锻工。瞧瞧这儿！"

说着，他顺手拿出几个用亮钢锻造的精巧小机器零件，给汉斯看。

"呐，半毫米都不能差。全是手工制造，包括螺母。干这活儿可得瞪大眼瞧仔细！这些东西抛完光、淬完火，才算是成品。"

"是，真不错。要是我能懂就好了——"

奥古斯特笑了。

"害怕了？没错，当学徒得先吃苦，这没办法。不过不是还有我吗？我会帮你。下周五你要是来上工，我刚好满两年学徒期，周六就能拿到第一周薪水，周日准备好好庆祝。有啤酒，有蛋糕，大伙儿都来，还有你。到时候你就看见了，我们那里是个什么情况。对，到时你来看看！不管怎么说，咱们过去可是要好的朋友！"

午饭时，汉斯跟父亲说，他想当机械工，问父亲他是否可以在八天后开始当学徒。

"那好吧。"父亲说。下午，父亲就带汉斯去舒勒的车间给他报了名。

天色向晚时,汉斯已将这事忘得一干二净。他只记得艾玛今晚等他。他此刻已紧张得喘不上气,一会儿嫌时间过得慢,一会儿又嫌太快。他就像湍流中失控的船夫,冲向他命定的目的地。那天的晚饭无须多言,他几乎连杯牛奶都没喝完,随后匆匆出了门。

今晚和昨夜一样——昏暗沉睡的巷子,透着红光的窗,昏黄的街灯,漫步的恋人。

汉斯极度不安地站在鞋匠家花园的栅栏前,任何一丝声响都能吓他一跳。他发现自己站在黑暗中偷听,俨然像个小偷。还没等上一分钟,艾玛就站在他面前了。她轻抚了他的头发,随后为他打开花园的大门。他小心翼翼地进去。她牵着他,悄声穿过灌木丛边的小路,走进后门,进了黑暗的走廊。

他们依偎着坐在地下室最上一级台阶。过了好一会儿,才能在黑暗中将就着看清彼此的脸。女孩情绪不错,开始低声跟汉斯聊天。她说她尝过许多亲吻的滋味,对情爱一事也颇有经验,他这种害羞又稚气的男孩正合她意。她用双手捧起他消瘦的脸,亲吻他的额头、眼睛和脸颊,轮到亲嘴时,她又给了他一个长长的吮吸式的吻。男孩顿时开始头晕,浑身瘫软,无力地靠在她身上。她轻声笑了,扯了扯他的耳朵。

她滔滔不绝地说着,他听着,不知自己究竟听到些什么。她抚摸他的胳膊、头发、脖子和手。她的脸贴着他的脸,头靠在他的肩膀上。他沉默着,任凭这一切发生,心中充满甜蜜的恐惧和深深的、幸福的不安,时而甚至像个发烧的病人,短促而轻微地抽搐一下。

"你可真是个乖宝贝!"她笑着说,"你居然什么都不敢做。"

于是她拿起他的手,带它轻抚自己的脖子,穿过自己的头发,放在乳房上,并直挺挺地迎上去。他感受着柔软的轮廓、甜美而陌生的曲线,不禁闭上眼睛,像是坠入了无底深渊。

"不!不要了!"当她又试图吻他时,他抵触地说道。她笑了。

于是她将他拉向自己,身体紧紧贴着他,搂着他,让他彻底感受她的身体。他甚至吓坏了,再也说不出一句话。

"你也爱我吗?"她问。

他想说是,却只能点头,点了好一会儿头。

她又握住他的手,开玩笑似的把它塞进了自己的胸衣。他感受到一个陌生生命火热而真切的呼吸和脉搏,吓得心跳停顿,以为自己要死了。

他大口喘着气,又缩回手,虚弱地叹息道:"这会儿我得回家了。"

他想站起来,却开始摇晃,差点儿从地下室的楼梯上摔下去。

"你怎么了?"艾玛惊讶地问。

"不知道。我太累了。"

走回花园栅栏边的路上,他感觉不到她究竟在扶着他,还是紧贴着他。他也没听见她对他说晚安,在他身后关上门。他穿过小巷,向家的方向走去。他不知怎么回去,像是被一场巨大的暴风雨席卷着,又像被激流托举着东摇西晃。

他看着两侧暗淡的房屋,高处的山脊,冷杉的树梢,漆黑的夜和漫天沉睡的繁星。他感到风在吹，听见河水流向桥墩，看见水面上倒映着花园，暗淡的房屋，漆黑的夜，路灯和星星。

他不得不在桥上坐下。他太累了，感觉像是永远走不到家。他坐在护栏上，听水流冲刷桥墩，河水咆哮着撞击堤堰，涌向嘎嘎作响的磨坊筛格。他双手冰凉，全身的血液淤堵在胸腔和喉咙，急切地找不到出口，致使他眼前一片漆黑。忽然，他的血又涌向心脏，让他头晕目眩。

他回到家，摸到自己的房间，躺下后立即进入梦乡。在无尽的梦中，他穿越无边无际的空间，从一个深渊跌入另一个深渊。午夜时分，他被折磨得筋疲力尽，从梦中醒来，在恍惚与清醒间辗转反侧，直到天亮。他内心满是几近干涸的渴望，被难以遏制的力量来回摔打。直到清晨，他所有的痛苦和忧伤才在一场长长的痛哭中爆发。泪水打湿了枕头。他又睡着了。

# 第七章

吉本拉特先生有模有样地操弄着嗡嗡作响的榨汁机,汉斯在一旁帮忙。鞋匠的两个孩子接受了邀请,正忙着鼓捣水果。两人共用一个杯子喝果汁,每人手里还攥着一大块黑面包。艾玛没来。

直到父亲跟酒窖老板离开半个小时后,汉斯才敢问起。

"艾玛去哪儿了?她不是也想来吗?"

过了好一会儿,男孩们才腾出嘴说话。

"她走了。"他们说着,点了点头。

"走了?去哪儿了?"

"回家了。"

"已经出发了吗?乘火车?"

孩子们又点头。

"什么时候的火车?"

"今天早上。"

孩子们伸手拿苹果。汉斯按着压杆,盯着果汁桶,慢慢醒过神来。

父亲回来了。大伙儿边干活儿边说笑。孩子们道谢后跑开了。天晚了,大家各回各家。

晚饭后,汉斯独自坐在他的小房间里。十点,十一点,他始终没有开灯。随后他沉沉睡去,睡了很久。他比往常醒得晚。醒来后,他只是隐约感到沮丧和失落,直到他想起艾玛。她走了,没打声招呼,也没有道别。毫无疑问,他最后一晚和她在一起时,她就知道她何时回家。他想起她的笑声、她的吻和她自负的模样。她根本没拿他当回事。

伴随愤怒的痛楚,他已被点燃却尚未平复的情欲躁动起来,凝结成苦闷的煎熬,驱使他从房中走向花园,走到街上,步入森林,又驱使他重新回到家。

他或许就这样过早地领悟了爱的秘密。于他而言，爱情中甜蜜太少，苦涩太多。白天充斥他的是无果的哀叹、满怀思慕的追忆和不得安慰的沉思。而夜晚，心悸和焦虑让他无法入睡，让他坠入令人窒息的噩梦中。在梦中，他血液中那些难以解释的激情变成阴森可怕的寓言幻象，化身致命地缠绕他的手臂、怒目圆睁的怪兽，令人晕眩的深渊、炯炯有神的双眼。醒来后，他发现自己孤身一人，被秋夜清冽的寂寞包围，承受着对艾玛的渴望，埋在枕头里哭泣、呜咽。

去车间当学徒的周五渐渐临近。父亲给他买了一身蓝色麻布制服，一顶蓝色混纺帽子。他试了试，觉得自己穿上钳工服像变了个人，看起来相当滑稽。每次路过学校、校长家或数学老师家，经过弗莱格的作坊或牧师家时，他心里都不是滋味。他付出了那么多努力、辛劳和汗水，牺牲了那么多生活中小小的乐趣，还有那么多自豪感、雄心和充满希望的梦想，一切都付诸东流了。一切都只为让他现在比所有同学都更晚走进工厂，成为最小的学徒，被所有人嘲笑！

对此,海尔纳又会说什么呢?

渐渐地,他接纳了这套蓝色钳工制服,对周五去车间做学徒也有了期待。至少他又能体验一番新人生!

但这些念头不过是乌云中转瞬即逝的闪电。他无法忘记女孩的离去。他的血液无法忘记、无法克服那些日子带来的兴奋与激情。它们催逼着、叫喊着,索求他被唤醒的欲念能获得解救,索求有人能指引他,解开那些他独自难以解开的谜团。就这样,时间缓慢地、阴郁地、痛苦地流逝着。

这一年秋天比以往任何秋天都美。和暖的阳光,银白的清晨,斑斓的正午,晴朗的夜空。远方的群山像深蓝色的天鹅绒,栗子树闪着金黄色的光,墙壁和篱笆上爬满紫色的野葡萄藤。

汉斯不安地逃避着,不愿面对自己。他白天在城里、田间漫步,避开人群,因为他认为人们一定能觉察到他正经受着爱情的折磨。而到了晚上,他又跑到巷子里,看一个个女仆,带着可怜的负罪感尾随每一对恋人。艾玛的出现和离去,让生活中一切值得向往、一切有魅力的事物近在咫尺，又旋即狡诈地溜之大吉。他不再感念当初和她在一起时的痛苦焦灼，而是相信，假如他能再次拥有她，他将不再羞怯，而是要夺走她所有的秘密，闯入那座充满魔力的爱情花园。现在，这座花园的大门在他面前砰然关上，再也不对他敞开。他全部的想象堕入一片闷热危险的灌木林，他灰心丧气地迷失其中，在不懈的自我折磨中，根本不想知道这片狭小的魔法丛林外，还有美丽明亮、充满善意的天地。

他急切盼望的星期五终于到来时，他的心情也随之好转。一大早，他穿上新买的蓝制服，戴上帽子，紧张地沿格贝尔街向舒勒家走去。几个熟人好奇地打量他，其中一个还问："怎么，去当钳工了？"

车间里的人已忙得热火朝天。师傅在锻造。他将一块烧红的铁块放在铁砧上，伙计抡起沉重的大锤。师傅敲打着精细的塑形锤，控制钳子，其间还用轻便的锻锤在铁砧上敲出节奏，声音清脆响亮，透过敞开的大门回荡在清晨。

被油污和铁屑染黑的狭长工作台前站着位老技工。他旁边是奥古斯特。两人各自在台钳上忙得不可开交。屋顶的传送带呼呼作响,带动着水力驱动的车床、磨轮、风箱和钻床。奥古斯特向刚来的老同学点点头,示意他等在门边,师傅得空会去找他。

汉斯腼腆地望着锻炉、歇工的车床、呼呼作响的传送带和空转的滑轮。师傅忙完手头的活儿后,朝他走来,向他伸出坚硬温暖的大手。

"帽子挂在那儿吧。"他指着墙上的空钩子说。

"好,过来吧。这是你的工位和台钳。"

他将汉斯带到最后一个工作台边,着重讲解了如何使用台钳,整理工作台,拾掇工具。

"你父亲跟我说了,你不是海格力斯[1],这一看便知。先不用锻铁,等你长点儿力气再说。"

他从汉斯的工作台下拿出一个铸铁小齿轮。

"呐,就从它开始。这个齿轮刚从铸造车间铸出来,不光滑,全是毛刺,必须把它锉光,否则以后会损坏精密

---

1 希腊神话中的大力神。

机械。"

他将齿轮固定在台钳上,拿起一把旧锉刀,为汉斯演示如何操作。

"好了,你接着干。但别碰别的锉刀!中午前够你忙的。干完给我看看。工作时要专心,除了吩咐你的事,什么都别管。学徒不需要思考。"

汉斯开始锉齿轮。

"停!"师傅喊道,"不是这样。左手要这样按在锉刀上。你不会是左撇子吧?"

"不是。"

"那就好。这样就行。"

说完,他走向自己的工作台,门边第一个。汉斯留神开始操作。

锉了几下后,他心生好奇,这东西似乎很软,很容易锉。随后他才发现,锉掉的只是表面的一层本已松动的脆铸皮,里面才是要锉平的糙铁。他集中精神,继续卖力锉起来。除了孩提时做过些小手工,他再没体验过亲手做出看得见、用得着的东西的乐趣。

"慢点儿！"师傅朝他喊，"锉的时候得有节奏，一二，一二。还得按住，否则锉刀会断。"

最年长的技工正在车床上忙活，汉斯忍不住偷偷瞄去。一个钢轴被夹在皮轮上，皮带转动，皮轮闪着光，嗡嗡作响，而年长的技工从上面取下细如发丝的亮晶晶的切屑。

到处是工具，铁块、钢锭和铜片。有半成品、抛过光的齿轮、凿子和钻头、各种形状的车刀和锥子。锻炉边挂着大锤和定锤、铁砧头、钳子和烙铁。墙边挂着一排排锉刀和铣刀。架子上放着油布、小扫帚、金刚砂锉、钢锯、油罐、酸液瓶、钉子和螺丝盒。磨刀石则随时有人使用。

汉斯满意地看着自己黑乎乎的手，还希望自己的衣服也能尽快变旧。比起其他人穿的又黑又破、打满补丁的工作服，他崭新的蓝制服显得十分晃眼可笑。

上午的时候，车间里还来了不少外人。附近机织厂的工人来打磨或修理织机上的零件。一个农民来询问他送来修理的熨烫机是否已修好，听说还没修好，他立即破口大骂。随后又来了一位穿着优雅的工厂主，和师傅在隔壁房间谈生意。

这期间,工人、齿轮和皮带有条不紊地工作着、运转着,汉斯平生第一次听到并理解了劳动的赞歌。至少对小学徒来说,这首赞歌令人感动、令人陶醉。他看见自己渺小的身躯、渺小的生命融入这伟大的节奏中。

九点钟到了,可以休息一刻钟。每个人都拿到一块面包、一杯苹果汁。奥古斯特这才过来跟新学徒打招呼。他给他打气,随后开始滔滔不绝地谈论星期日,他将和同事们一起挥霍他第一次拿到的周薪。汉斯问他,自己正锉的齿轮是做什么用的,奥古斯特解释道,齿轮是一口塔楼大钟上的零件。他还试着比画,让汉斯明白,这个齿轮日后在钟上如何运转。可这时,领头的技工又开始锉了,于是大家纷纷各就各位。

十点到十一点之间,汉斯开始感觉疲惫,膝盖和右臂有些酸痛。他两只脚交替发力站着,偷偷舒展四肢,但于事无补。于是他暂时放下锉刀,挂在台钳上。没有人注意他。于是他站着休息,听头顶的传送带唱歌。一阵轻微的眩晕袭来,他支撑不住,闭了会儿眼睛。这时师傅突然站在他身后。

"呐,怎么样?已经累了?"

"是,有点儿累。"汉斯承认。

伙计们笑了。

"会好的。"师傅平静地说,"现在你可以去看看如何焊接。来吧!"

汉斯好奇地看着焊接的过程。首先要烧热烙铁,随后在焊点上涂上焊液,接着发烫的烙铁滴下白色的焊锡,发出嘶嘶声。

"拿块抹布,把这东西好好擦擦。焊液有腐蚀性,不能留在任何金属上。"

完事之后,汉斯又站在他的台钳前,用锉刀继续锉小齿轮。他的手臂很痛,必须按住锉刀的左手也已通红,开始发疼。

中午时分,工头放下锉刀去洗手时,汉斯才拿起自己锉的齿轮去给师傅看。师傅瞟了一眼:

"不错,就这样。你工位下面的箱子里还有一个齿轮,下午你把它锉好。"

随后汉斯也洗了手,离开了车间。午休一小时,他可以回家去吃午饭了。

大街上,两个商店学徒、他以前的同学,走在他身后嘲笑他。

"嘿,考过州试的钳工!"其中一个喊。

他加快了脚步。他不清楚自己是否真的满意——他喜欢在工厂里干活儿,只是他太累了,累得要命。

到了家门口时,他本来盼着赶紧坐下吃饭,却突然想起艾玛。整整一上午他都没想起她。可这会儿,昨天和前天的痛苦一如既往地、残忍地突然卡住他的脖子。他悄悄走进房间,扑到床上,痛苦至深地呜咽起来。他想哭,却欲哭无泪。他绝望地发现自己再次被欲望吞噬,而他所屈服的欲望是一片黑暗,难以辨认,像残酷的疾病般侵蚀他。他的头一跳一跳地疼,喉咙也疼痛地发出憋闷的啜泣声。

午饭是一种折磨。他不得不回答父亲问的各种问题,忍受父亲讲的各种小笑话。父亲心情很好。一吃完饭,汉斯就跑到花园，在阳光下似睡非睡地休息了一刻钟，随后就到了上工时间。

早在上午，他的双手就长出红茧，现在开始疼起来。到了傍晚，两只手肿得厉害，摸任何东西都疼痛难忍。下班前他还在奥古斯特的监督下，打扫了整个车间。

周六的情况更糟。他的双手火辣辣地疼，茧子都长成了水疱。师傅今天心情很差，稍有不顺心就大发脾气。奥古斯特安慰说，手上长茧子也就持续几天，之后手会变硬，就不会有任何感觉，但汉斯感到痛苦万分，一整天偷偷瞄着钟，无望地锉着他的小齿轮。

下班前打扫车间时，奥古斯特悄悄告诉他，明天他要和几个工友去比拉赫玩个痛快，汉斯无论如何不能缺席。他两点钟等他。汉斯同意了，尽管他实在太苦太累，宁愿整个星期天都待在家里。回家后，老安娜给他涂了止痛膏。他八点就上床睡觉，一觉睡到第二天上午，随后匆忙跟父亲一起去了教堂。

周日午饭时他才跟父亲说起奥古斯特，说今天想和他一起去郊外转转。父亲并没反对，甚至给了他五十芬尼，只是要求他必须回来吃晚饭。

明媚的阳光下，汉斯走在巷子里。这是几个月来他第一次享受星期日独特的喜悦。经过几天黑着手、四肢酸疼的辛劳后，街道显得尤为喜气洋洋，阳光格外灿烂安详，一切都比往常更靓丽、更亲切。他现在理解了那些休息日坐在自家门前长凳上晒太阳，神情悠然的屠夫、制革工、面包师和铁匠。往后他不会再将他们视为可悲的市井小民。他看见工人、工匠和学徒们成群结队地走在街上或去酒馆，歪戴着帽子，衣领雪白，穿着周日才穿的好衣裳——大多数时候，尽管并非总是如此，工匠们有自己的团契：木匠与木匠结伴，瓦匠与瓦匠同行，他们团结在一起，维护着行业的尊严。在他们当中，钳工是最体面的工种，其中最高级的当数机械工。尽管这令人有归属感，尽管其中不乏幼稚可笑的成分，但其背后蕴含的是手工业的动人之美与其从业者的自豪之情。即使在今天，手工业依然被视为可喜的、卓越的，在这些行当中，哪怕最贫穷的裁缝学徒也能赢得工厂工人或商人无法拥有的一抹独特的微光。

年轻的机械工们站在舒勒家门前的样子既坦然又自豪。他们一边闲聊,一边向路人点头致意。人们看得出,他们形成了一个坚不可摧的团体,根本无须与外人多打交道,即使是在他们休息娱乐的星期天。

汉斯也感同身受,并很高兴成为他们中的一员,只是他对计划中的周日娱乐活动有些担忧。因为他知道,机械工在享受生活方面大手大脚,花样频出,也许他们还要跳舞。汉斯不会跳舞,但其他娱乐,他下决心尽力配合大家,必要时哪怕冒着被他们嘲笑的风险。他没有喝太多啤酒的习惯,而在吸烟方面,他也好不容易才能一小口一小口抽完一支雪茄,以避免难受和丢脸。

奥古斯特兴高采烈地跟他问好。他说,老技工今天不想去了,但来了个外厂的工友,这样他们至少有四人,足以将整个村子掀翻。今天每个人都得尽情喝啤酒,他来买单。说着他递给汉斯一支雪茄。四人慢悠悠出发了。他们意气风发地穿过小城,到了菩提树广场才开始加快脚步,以便及时赶到比拉赫。

如镜的河面上闪着蓝色、金色和白色的光。10月温存的阳光透过林荫道上几乎光秃的枫树和槐树，暖洋洋地洒向大地。天空高远，一派无云的淡蓝——这是个宁静、纯粹而亲切的秋日。刚刚逝去的夏天的一切美景，像无忧无虑的微笑记忆，弥漫在和煦的空气中。在这样的日子里，孩子们忘记了季节，以为他们还要去追寻花的踪迹。在这样的日子里，老人和妇女们趴在窗口或坐在屋前的长凳上，以沉思的目光凝视天际。在他们看来，不仅是这一年的美好记忆，而是他们整个一生的美好记忆，都清晰可辨地飞扬在清澈的蓝天中。年轻人则饶有兴致地依据个人的天赋和性情，以美酒或美食、唱歌或跳舞、狂饮或大打出手，赞美这美好的日子。到处都烤制着新鲜的水果蛋糕，酒窖里发酵着新鲜的苹果酒或葡萄酒，街头艺人在客栈前和菩提树广场拉小提琴或吹口琴，庆祝一年中最后的美好时光，吸引人们跳舞、歌唱、沉醉于爱情的游戏。

几个年轻的小伙子快步走着。汉斯假装漫不经心，抽着雪茄，心里却有几分惊讶，因为抽雪茄竟让他感到惬意。一位技工讲起他漫游期[1]的经历，却没人因他夸大其词而感到反感，反而觉得吹嘘本身就是讲述的一部分。诚然，哪怕是世上最谦逊的技工，当他逍遥无忧、避开当时在场的人时，也会以宏大、生动甚至传奇的口吻讲述他的漫游岁月。因为工匠生活中奇妙的诗篇是人民共同的财富，他们人人以全新的阿拉伯式花纹改写着传统的古老冒险故事。而每一位流浪汉和乞丐，当他沉醉于故事中时，他身上都有着不朽的尤伦斯皮格尔[2]和不朽的施特劳宾格[3]的影子。

"在法兰克福，就是我当年待过的地方，老天！那日

---

1 指技工在完成学徒期后的一段旅行时间。从中世纪晚期到工业化初期，经历漫游期是参加工艺大师考试的先决条件之一。最重要的是，工匠要熟悉新的工作方法、陌生的地区、国家并获得生活经验。
2 民间故事的主人公尤伦斯皮格尔是14世纪一个四处游荡的爱搞恶作剧的人。他装傻充愣，但实际上很狡猾，总对同伴耍花样。
3 木匠施特劳宾格兄弟是巴伐利亚南部兰茨胡特医科学生卡尔·西奥多·穆勒于19世纪初创造的文学形象。人们普遍认为，施特劳宾格兄弟是勤劳工匠的代名词，他们无忧无虑、兴高采烈地从一个城镇游荡到另一个城镇，以证明自己的技能和手艺。后来，这个形象也常常与流浪汉联系在一起。

子过得才叫美！这事我还从没跟你们提过——有个富商，一只爱偷腥的猴子，居然想娶我师傅的女儿，不想被她直接撵回家，因为她早就喜欢上了我。她做了我四个月的情人。要不是我跟老头子闹翻，我现在就住在法兰克福，成了他女婿。"

他接着说，他师傅，那个无耻混蛋，出卖灵魂的可怜虫，实在欺人太甚，有一次甚至想对他大打出手。他二话没说，抡起铁匠锤，直勾勾瞪着他，老东西惜命，吓得一溜烟跑了。后来他还书面通知他，辞退了他，真是个胆小鬼。他还讲起在奥芬堡发生的一场恶斗：包括他在内的三个钳工，把七个工厂工人打得头破血流——任何人到奥芬堡，都可以去问问高个的朔尔施，他现在还在那里，当时他也参与了斗殴。

尽管口吻冷酷、粗鲁，但讲述者的内心无比热忱愉快。人人听得津津有味，并默默盘算着以后也讲讲这个故事，在其他地方，讲给其他工友，因为每个钳工都爱过师傅的女儿，都拿着锤子追赶过可恶的师傅，都曾把七个工厂工人打得半死。故事有时发生在巴登，有时发生在黑森或瑞士；有时使用的不是锤子，而是锉刀或烧红的烙铁；有时被打的不是工厂工人，而是面包师或裁缝。这些都是老生常谈，却总有人爱听，因为它们古老而美好，是从业者的荣耀。当然，这并不是说，当年甚至当下漫游期的小伙子们中没有体验生活的天分或发明创造的天才，只不过这基本是一回事。

奥古斯特听得尤其入迷，乐不可支。他不停地笑着随声附和，还一边听，一边带着轻蔑的享乐者派头，向金色的空气中吐着烟圈，仿佛自己已经是半个出师的技工。而讲故事的人继续扮演着自己的角色，因为对他来说，将自己今天的参与表现为善意的屈尊十分必要，因为作为技工，他实际上不该与这伙星期天出游的学徒厮混，更别提颇让他感到羞耻地跟着去喝光一个学徒的酒钱。

大伙儿已沿乡间公路走出很远。这会儿可以选择走缓慢上坡的崎岖公路，或走只有前者一半路程的陡峭步行道。大家选择了公路，尽管路远又尘土飞扬。步行道是为上下班的人和喜欢散步的绅士准备的，而星期天外出消遣的人更喜欢走尚未失去诗意的公路。爬陡峭的步行道对农民或喜欢大自然的城里人来说，是必要的劳动或运动，但对其他人来说没什么乐趣。反之走公路可以漫步、聊天，可以省下靴子和星期天穿的衣服，可以看见车马，遇见其他闲逛的人或遇见打扮得体的姑娘和唱歌的小伙子，可以听见有人在身后讲笑话，也会被他们逗得偷偷一乐，可以停下脚步跟人闲谈，可以在傍晚时分，以行动或语言来调和与好伙伴之间的分歧。单身的人还可以嬉皮笑脸地追着成排的姑娘跑。正如工匠们永远不会蠢到用步行道替代有趣、舒适和丰富多彩的公路，城里的小市民也永远不会这样做。

于是他们沿公路，绕着大弯，像一群时间充裕又不愿流汗的人一样，安心惬意地缓步前行。技工脱下外套，搭在扛在肩上的手杖上。他不再讲故事，而是开始粗野地、自得其乐地吹口哨，一直吹了一小时，直吹到他们抵达比拉赫。路上有人挖苦了几句汉斯，汉斯并不在意，倒是奥古斯特比他更急切地予以还击。他们就这样到了比拉赫。

村里红瓦和银灰色桔梗覆盖的屋顶，掩映在秋色中的果树间。村后是幽暗的山林。

究竟去哪家酒馆,年轻人意见不一。"铁锚"的啤酒最好喝,"天鹅"的蛋糕最美味,而"尖角"的老板有个漂亮女儿。最后,奥古斯特坚持去"铁锚",还不停地对大家使眼色说,"尖角"不会在喝了几杯啤酒后跑掉,喝完再去不迟。大家赞同。于是他们进了村,经过马厩和堆满天竺葵秆的低矮农家窗户,向"铁锚"走去。"铁锚"的金字招牌高悬于两棵圆润的小栗子树上,在阳光下诱人地闪着光。不巧的是,酒馆里已坐满了人,几个小伙子不得不在院子里找座位坐下。

在客人眼中,"铁锚"是个精致餐厅。它不是老式农家客栈,而是个带很多窗的现代化砖砌立方体建筑。椅子代替了长凳,四处挂着五颜六色的铁皮广告招牌。一名女招待穿着城里人穿的衣服。老板从不会挽起衬衫袖子,而是总穿时下时髦的整套棕色西装。他实际上已经破产,但从主要债权人——一个大酿酒商那里租回了自己原来的房子,从那以后反而变得更加体面。庭院里有一棵铁丝栅栏围着的合欢树,野葡萄藤爬满了一半栅栏。

"干杯,伙计们!"技工高喊着与三人分头碰杯后,豪爽地一饮而尽。

"您,漂亮小姐,酒没了,再来一杯!"他朝女招待喊着,将酒杯隔桌递给她。

啤酒是一流的,清凉不苦。汉斯端着酒杯开心品着。奥古斯特则喝得像个行家,咂着舌头,还顺便不停冒烟,像个坏掉的炉子。汉斯暗自佩服。

和懂生活、知享乐的人一起坐在酒馆桌边,过个愉快的周日,自己又当之无愧,有所收获,这并不是什么坏事。和众人一起大笑,偶尔自己也斗胆开个玩笑,喝完酒后用力往桌上跺杯子,随后满不在乎地大叫:"小姐,再来一杯!"这感觉不错,很男人。与邻桌的熟人干杯,左手夹着熄灭的雪茄头,像其他人一样把帽子往侧边一推,这滋味很好。

这时,同来的外厂技工也活跃起来,开始讲故事。他知道乌尔姆有个钳工,能喝二十杯啤酒,而且是上好的乌尔姆啤酒,喝完后又总是一抹嘴说:不错,再来一瓶好葡萄酒!他还认识坎施塔特的一个司炉工,能连吃十二根香肠,还为此赢了场赌局。但第二次类似的打赌他却输了:

他曾夸下海口，能吃下一家小饭馆菜单上全部的菜肴，也几乎做到了，只是菜单最后有四种不同的奶酪，他吃到第三种时，推开盘子说："现在我宁愿去死，也不愿再吃一口！"

这些故事也赢得了喝彩。显然，这世上到处有超常的酒徒和食客，每个人也都知道类似的英雄及其"壮举"。只是这人有时是"某个斯图加特人"，有时又是个"龙骑兵，应该在路德维希堡"，有时这人能一口气吃十七个土豆，有时又能吃十一份煎饼配沙拉。讲故事的人往往讲得具体，头头是道，并让人欣喜地意识到，世界上有许多天赋异禀的人，其中不乏疯狂的怪人。讲故事带来的满足感和讲述的客观性是每一个餐桌上的市井小民古老而可敬的传家宝，并被年轻人模仿，就像他们模仿喝酒、谈政治、吸烟、结婚，也复制他们的死亡一样。

喝到第三杯时，汉斯问是不是没有蛋糕。于是他们喊来女招待，得知没有蛋糕后，便生出几分怒意。奥古斯特站起来说，连蛋糕都没有，不如去别家。外厂技工对这家"可怜"的餐厅骂骂咧咧，"法兰克福人"却赞成留下，因为他跟女招待已眉来眼去，还热情地摸了她几次。汉斯看着这一幕，再加上喝了啤酒，奇怪地兴奋起来。他很庆幸，大家现在决定离开。

结账后，一行人来到街上。汉斯开始感到三杯啤酒的后劲儿。这是种令人愉快的感觉：疲惫、饶有兴致、眼前像蒙上一层薄纱。透过薄纱，一切都显得遥远、颇不现实，正如在梦中见到的一样。他不停地笑着，合不拢嘴，又更大胆地推了推帽子，自认是个悠然自在的家伙。这时"法兰克福人"又吹起了他好斗的口哨，汉斯试着跟着节拍走。

"尖角"非常安静。几个农民在喝新酿的葡萄酒。这里没有生啤，只有瓶装啤酒，于是每人面前很快摆上一瓶。外厂技工为了显得慷慨，为大伙儿点了一整个苹果蛋糕。汉斯突然感到很饿，一连吃了好几块。古老昏暗的酒馆里，他们舒坦地坐在坚实宽大的壁凳上。半明半暗间，老式餐具柜和巨大的壁炉若隐若现。一个带木条的大笼子里，两只山雀扑扇着翅膀，一整枝红色花楸果伸进木笼，作为食物。

酒馆老板来到桌边，和客人问好。随后大家又聊起来。汉斯喝了几口冲劲儿十足的瓶装啤酒，好奇地想试试自己能否喝完一整瓶。

"法兰克福人"又开始大声夸耀莱茵河流域各个地区的葡萄园庆典以及学徒四处漫游和留宿小客栈的日子。大家听得乐不可支，汉斯也笑个没完。

突然间他意识到自己有些不对头。无论怎么看，酒馆、桌子、酒瓶、酒杯和同伴们都是一团柔和的棕色云雾，只有强打精神，这些东西和人才重新成形。谈话声和笑声不时热烈起来，他跟着大笑，或说些立即会忘记的话，大家碰杯时也少不了他。一小时后，他惊讶地发现自己的酒瓶空了。

"酒量不错啊，"奥古斯特说，"再来一瓶？"

汉斯笑着点头。在他过去的想象中，喝大酒比现在看来要危险得多。这时"法兰克福人"开始唱歌，大家跟着唱，于是他也声嘶力竭地唱起来。

酒馆里陆陆续续坐满了人。老板的女儿出来帮女招待的忙。她身材高挑，模样漂亮，长着张活力四射、轮廓分明的脸和一双沉静的褐色眼睛。

她将新酒放在汉斯面前时,坐在一旁的技工立刻用他最拿手的殷勤话向她狂轰滥炸,而她根本不理会。也许是为了表示对技工的蔑视,也许是因为她本来就喜欢文雅细腻的男孩,她转身朝向汉斯,迅速地伸手抚摸了他的头发,随后又回到柜台前。

已经喝到第三瓶的技工跟在她身后,使出浑身解数与她搭讪,但白费力气。高个女孩冷漠地看着他,没说话就很快转身背对他。于是他回到桌边,用空酒瓶使劲儿跺跺桌子,突然兴奋地喊道:"咱们得快活起来,孩子们,干杯!"

说着,他又讲起一个关于女人的下流故事。

汉斯只听见各种声音混杂在一起。第二瓶快喝完时,他甚至说不出话,笑不出来。他想走到山雀笼前逗逗鸟儿,但刚走了两步就感到头晕目眩,差点儿摔倒,只能小心地转身回来。

自此,汉斯放纵的兴致逐渐冷淡。他知道,他喝醉了。喝酒这事对他来说不再有趣。他仿佛看到遥远的远方,各种不幸在等着他:回家的路,和父亲的冲突,明早又要去的车间。渐渐地,他又开始头疼起来。

其他人也热闹、快活够了。奥古斯特趁着清醒去付了账,荷包旋即被掏空。他们说笑着走到街上,被傍晚明亮的夕照晃得睁不开眼。汉斯几乎支撑不住,东摇西晃地靠在奥古斯特身上,任由他拖着走。

外厂技工变得多愁善感起来。他唱着"明天我得离开这里",眼里噙着泪花。

他们本想回家,但路过"天鹅"时,技工坚持要进去。汉斯在门口挣脱了奥古斯特的手。

"我得回家了。"

"你一个人根本走不了。"技工笑着说。

"行,我能行。我——必须——回家。"

"至少再来杯白的,小家伙!它能帮你站直,还能整好你的胃。没错,你试试就知道了。"

汉斯隐约感到手里握了个小杯,洒洒了很多,剩下的被他一饮而尽,喉咙里像着了火。一阵强烈的恶心袭来,他独自一人,踉跄走下门前的台阶,晕头转向地向村外走去。房屋、篱笆和花园倾斜着、旋转着从他眼前晃过。

他躺在苹果树下潮湿的草地上。一阵阵厌恶、折磨人的忧虑感和纷乱的思绪搅得他无法入睡。他觉得自己被玷污了，蒙受了耻辱。他该怎么回家？该怎么向父亲交代？明天他又会怎样？他感到整个人支离破碎，悲戚万分，仿佛他只能永远地休息、睡觉，永远活在羞耻中。他头痛，眼睛痛，甚至没有力气站起来继续走路。

突然，先前的兴致像道迟来的、转瞬即逝的波浪再次涌向他——他咧嘴一笑，自顾自地唱起了歌：

哦，我亲爱的奥古斯丁，

奥古斯丁，奥古斯丁，

哦，我亲爱的奥古斯丁，

一切都远去了。

几乎还没唱完，他就感到内心隐隐作痛，各种模糊的想象和记忆、羞愧和自责像混浊的洪水涌向他。他大声呻吟着趴在草地上泣不成声。

一小时后,天已黑透。他站起身,蹒跚吃力地朝山下走去。

吉本拉特先生见儿子没按时回来吃晚饭,心里已把他骂了个狗血淋头。九点钟,汉斯还没回来时,他准备了一条很久没用过的结实手杖。这家伙大概以为自己翅膀硬了,过了父亲用藤条惩治他的年龄?那么等他回来,倒可以跟他好好庆贺一番!

十点钟,他锁上房门。如果逆子想在外面鬼混,倒要叫他看看,他该在哪里过夜。

尽管如此,他还是没睡,而是怀着越来越强烈的怒气,一小时一小时等着有人试着拧动门把手,小心地按响门铃。他想象着那一幕——这个游手好闲的夜游神将遭受的一切!或许他已喝醉,但到那时,他会叫他清醒过来,这个顽皮、滑头、愚蠢的家伙!等着瞧,看我不敲碎他所有的骨头!

最终,睡意战胜了他,也战胜了他的愤怒。

与此同时,受到这番威胁的汉斯,已在山谷间漆黑的河水中,冰冷、安静而缓慢地顺流而下。恶心、羞愧和痛苦已离他远去。凄清幽蓝的秋夜正俯视着他漂流在黑暗中的纤弱身体。黑色的河水戏弄着他的双手、头发和苍白的嘴唇。除了那只黎明前外出狩猎的胆小水獭，没有人看见他。水獭狡黠地瞟了他一眼，随后悄悄从他身边滑过。没人知道他是怎么落水的。他或许迷了路，从陡峭的斜坡上滑下来。也许他想喝水，身体失去了平衡。也许他看见美丽的河水，被吸引到河边，弯下腰，看见水中倒映的夜色和苍白的月亮正宁静深沉地凝视他，于是疲惫和恐惧无声地迫使他走入死亡的阴影。

白天，他们找到了他，把他抬回家。受惊的父亲不得不丢下手杖，抛下心头积聚的愤怒。他虽然没哭，也没过分流露声色，但当天晚上，他又是久久无法入睡。他不时透过门缝看一眼他一动不动的孩子。他躺在干净的床上，和往常一样，额头光洁，面颊苍白，透着聪慧，仿佛他天生与众不同，天生就有权利拥有与他人不同的命运。他额上和手上的皮肤有些青紫，漂亮的五官纷纷沉睡着。白色的眼睑覆盖着眼睛，没有闭紧的嘴流露出满足，近乎畅快。看上去，男孩像朵盛放的花，遭受了突然的摧残，或像是他正走在令人愉快的轨道上，被生生拽下来。父亲甚至也在疲惫和孤独的悲痛中，被这微笑的假象蒙蔽了。

葬礼引来大批送葬的人和好奇的人。汉斯·吉本拉特又成了众人瞩目的名人。老师、校长和本城牧师再次介入了他的命运。他们穿着礼服，戴着庄严的礼帽，出现在送葬队伍中并在墓前驻足，窃窃私语。拉丁语老师尤为忧伤，校长轻声说：

"是的，教授先生，他本可以有所作为。优秀的人总是运气欠佳，这难道不悲哀吗？"

鞋匠弗莱格留在墓边，站在父亲和不停号哭的老安娜身旁。

"是啊，这真令人心痛，吉本拉特先生。"他同情地说，"我也爱这孩子。"

"无法理解，"吉本拉特哀叹道，"他那么有天分，一切都那么顺利，上学、考试——可随后却是一个接一个的厄运！"

鞋匠指了指正走出教堂墓地大门的几位穿礼服的——

"这几位先生,"他轻声说,"孩子走到这一步,他们也有份儿。"

"什么?"另一人先是一愣,接着疑惑而震惊地盯着鞋匠,"哦,老天,这话怎么说呢?"

"您冷静点儿,邻居先生。我只是在说那些教书先生。"

"为什么?怎么会呢?"

"哎,没别的。您和我,或许我们也在某些方面疏忽了这孩子。您不觉得吗?"

无忧的蓝天舒展在小城的上空。山谷中的河水闪着幽光。冷杉覆盖的群山茫茫一片,温柔而热切地伸向远方。鞋匠微妙而忧伤地微笑着,挽住身边人的胳膊——吉本拉特迟疑而羞愧地从此刻的寂静和他异常痛苦的心绪中,走向他惯常存在的低地。

**全书完**

# 译后记

汉斯·吉本拉特生活的时代是威廉一世和威廉二世统治的时代,特别是1871年德意志帝国建立后几十年间的教育机制带有强烈的专制和军国主义色彩。普鲁士教育并非为培养学生的个性或兴趣,而是忽视个体的精神需求,机械地灌输知识,强调纪律、服从和成绩,塑造符合社会需求的标准公民。

汉斯天生聪慧过人。他通过了极为严苛的"州试",被寄予厚望,前往毛尔布隆修道院神学校接受进一步教育。尽管在学业上表现优异,他依然承受着巨大的压力。他不仅要不断迎合父亲和老师的期望,还要在竞争激烈的环境中持续做一个完美的学生。

汉斯生活的社会是典型的"菲利斯特人社会"。作家赫尔曼·黑塞开篇就对汉斯的父亲和他所生活的小城中的反智氛围进行了详细而纯粹的讽刺性描写。这种描写贯穿了整部小说。

"菲利斯特人"最初记载于《旧约》，指生活在巴勒斯坦西南海岸地区的一个民族，与"上帝的选民"以色列人为敌。这一词汇逐渐脱离其历史渊源的转变契机，是1690年前后发生在耶拿的一起大学生惨遭谋杀事件。一位牧师在葬礼上布道（另说当地总督宣读悼词），谴责了这桩罪行，并多次援引《士师记》第十六章第九节中的经文高呼："参孙，菲利斯特人拿你来了！"耶拿事件的细节至今难以准确还原，与该经文关联究竟何在仍不明确，针对这起耶拿谋杀案，很难进行明确的寓意解读。唯一可以确定的是，受害者是一名大学生，而"菲利斯特人"自此用来指代非大学生群体。确切地说，大学生们开始用"菲利斯特人"形容与他们敌对的、关系紧张的市民巡逻队，警察和大学城内的非学术界人士等。随着时间的推移，"菲利斯特人"逐渐演变出美学上的象征意义。它专指物质至上、思想狭隘和丧失高尚精神追求的人。在德国文化中，

"菲利斯特人"指过分追逐功利和社会地位,只关注世俗事务,对艺术、思想和心灵世界缺乏理解和兴趣的市民阶层。文学中,"菲利斯特人"是启蒙运动时期和浪漫主义时期的关键概念。19世纪,"菲利斯特人"成为与艺术家和思想家对立的存在,象征保守、僵化和教条现实主义。[1]

汉斯从小没有母亲,如书中所述,他的父亲是典型的"菲利斯特人"。他只在乎汉斯能否名列前茅,能否成为本城的骄傲,对儿子的精神状况毫不关心,从不给予他心灵上的支持和慰藉,将教育视为实现家族荣耀的手段。他剥夺了汉斯童年的乐趣,让他一心求学。牧师和校长象征的教育体制,代表的宗教和社会权威、保守和压制力量,同样不关心学生的个性发展和内心困境。在他们眼中,学生是被塑造的材料,服务国家的工具,必须遵循社会规范,取得好成绩。汉斯的老师们无疑也是"菲利斯特人"。他

---

[1] 参 *Philister: Problemgeschichte einer Sozialfigur der neueren deutschen Literatur* von Remigius Bunia, Till Dembeck u. Georg Stanitzek (Hrsg.), Akademie Verlag, 2011;[德]海因茨·史腊斐:《德意志文学简史》,胡蔚译,北京大学出版社,2013年。

们灌输的知识与学生的实际生活经验脱节，无法引导学生发现人生的意义或内在需求。他们毫无反思地将自身受到的教育麻木地恶性传承下去——所有人都忽视汉斯的痛苦与挣扎并共同塑造了一个压抑冷漠的世界。

汉斯经常感到头痛。头痛不仅是他身体上的病症，更是他精神状态的外现。汉斯的头痛源于他无法在"菲利斯特人社会"中忠于自我且不得不压制自己的真实感受。过度的学业压力和对成功的追求使得汉斯逐渐丧失了对生活的热情。此外"神经衰弱"是当时常见的一种心理疾病，通常被认为与现代社会的高压生活和精神紧张相关。汉斯的症状——头痛、疲惫、无法集中注意力——是公认的"神经衰弱"的典型症状。1900年左右，德国和荷兰的教育学家采用"神经衰弱"来构建一种诊断方法，用于诊断与精神负担过重有关的"问题儿童"，从而将一种被置于罪恶和内疚框架中的病症医学化。[1]在《在轮下》中，黑塞

---

[1] *Krankheit und Kulturkritik: Psychiatrische Gesellschaftsdeutungen im bürgerlichen Zeitalter (1790—1914)* von Volker Roelcke，Campus Verlag, 2020.

使用"神经衰弱"这一概念，暗示教育机制如何通过无休止的暴力施压，摧毁学生的健康。"神经衰弱"正是这种压迫的生理与心理上的后果。汉斯的头痛表明他对教育方法的不适应，这种不适应最终将他引向死亡。

汉斯的朋友赫尔曼·海尔纳是他的反面。赫尔曼代表着自由精神。他追求个性表达、文学和艺术，拒绝顺从社会的规范和期望。相较于汉斯，赫尔曼更懂得反抗。他敢于质疑权威，不愿被碾压在教育的车轮下。他对制度构成了间接威胁，因为制造羞耻感是最强烈的压迫形式之一，也是在毛尔布隆修道院神学校最常用的压迫形式之一，然而他们不能强迫他感到羞耻。尽管神学校不是监狱和精神病院，但两者的定义取决于其中的人在多大程度上必须适应规则。赫尔曼的存在提供了另一种可能，即个体通过坚持自我和反抗实现自由。黑塞鼓励人们不受权威的影响，不必墨守成规，而是去追求自己的梦想和目标，过自我决定的生活。他还表明，尽管这一切并非易事，但值得去为之奋斗。

当他们幻想着在云端远航时，赫尔曼问汉斯："你从来没见过船吗？"汉斯答："没有，海尔纳。你见过吗？"
——"哦，我当然见过。不过天哪，你不会懂这些。你只会学习，求上进，苦读书。"——海尔纳似乎在对汉斯说，如果他不去体验，就永远无法真正理解世界和现实。他只是过于追求学业上的成功，而不去真正地闻闻花香和生活的气息。显然，赫尔曼是唯一一个向汉斯解释他无休止的背诵和用功背后真相的人。赫尔曼更清醒、更自我，他站在了指定的学习方法的另一边。汉斯不懂这些。他无法理解，怎会有人如此聪明简单地规避规则。汉斯也完全不可能知道，他希望寻求的是真理，而不是受雇于政治。

《在轮下》具有强烈的自传色彩。汉斯的经历与黑塞本人早年的生活经历有诸多相似之处。黑塞曾就读于毛尔布隆修道院神学校，并由于无法忍受严格的管束和宗教戒律，最终退学，陷入严重的精神危机。黑塞在《在轮下》中，借助汉斯的形象表达了自己对压迫的反感。他曾在写给他同父异母的弟弟卡尔·伊森伯格的信中说："我希望你不要反感其中几处尖锐的批评。学校是我唯一认真对待的现代文化问题,它时常让我感到不快。学校曾对我造成很大的伤害,我在那里学到的只有拉丁语和撒谎。"[1]

汉斯·吉本拉特的命运和他所经历、遭受的一切中都有年轻的赫尔曼·黑塞的痛苦。但无论如何,汉斯不是黑塞。他体现的只是他本性中的一部分,他身上病态的、容易受伤的、因环境和同伴的不理解而溃败的一面。而赫尔曼·海尔纳体现的是另一个人,一个真正的赫尔曼·黑塞,一个逃离了那片没有鲜花的土地,致力于以诗为天职的人。

十五岁的汉斯希望满足父亲和社会的保守期望,同时安抚自己热爱自然的心灵。他既想追随父辈和小城中信奉的宗教和虔诚,又想从自然中获得自身的安宁。面对艰难的成长,他一次次逃回施瓦本迷人的风光中,他热爱的大自然中,然而人的世界与自然的世界相互敌视——汉斯在面临病痛、休学、失去友谊、被孤立、企图自杀,面临一段不能称之为爱情的失败爱情和做学徒工的身份时,拼命

---

[1] *Hermann Hesse: Briefe I. Ich gehorche nicht und werde nicht gehorchen! – Die Briefe 1881—1904* von Volker Michels (Hrsg.), Suhrkamp Verlag, 2012.

尝试融入社会，却无法再从大自然中汲取力量，最终不堪重负，死在水中。在这里，我们注意到黑塞只为汉斯留下了两种最后的选择：挨打或死亡——在这个分岔路口，汉斯走向了死亡。

年轻的汉斯就这样不明不白地死了。他的死因未经核实，可能是意外，也可能是自杀。他一生在他所受到的教育和他所生存的社会中——一个虚构的行为，一种虚荣的冲动，一派虚伪的、被强加的现实中，从没去体验真正的自我，从没去发现自身的灵性和个性，从没有机会去审慎地构建自身的伦理，从没有机会找到自己的人生志向。汉斯的悲伤、饥饿和痛苦，只能以呐喊或无声的哭泣来宣泄。在他身上，一切都早已被预设，被决定。人世间，汉斯无能为力，毫无指望。

在回答"谁为汉斯的死负责"这个问题时，我们无法冷酷残忍地将责任归咎于汉斯的软弱，归咎于他不能彻底走出"咎由自取的未成年状态"或无力成为一个勇于走出洞穴的自己。他不过是个达到极限的孩子。

别了，汉斯！愿你在另一个世界拥有自然与自由，愿你能幸福地徜徉在森林中、花丛间，愿你能愉快地游泳、钓鱼、思考、求知，愿你拥有振奋人心的友谊和爱情，真正亲密的乐趣，难以言喻的喜悦与平静。

姜乙

2024 年 10 月 15 日于北京

# 在轮下

作者 _ [德] 赫尔曼·黑塞　译者 _ 姜乙

编辑 _ 殷梦奇　　装帧设计 _@broussaille 私制　　主管 _ 应凡
技术编辑 _ 顾逸飞　　责任印制 _ 杨景依　　出品人 _ 贺彦军

营销团队 _ 王立 成芸姣 魏洋 毛婷　　物料设计 _ 李琳依

果麦
www.goldmye.com

以 微 小 的 力 量 推 动 文 明

图书在版编目(CIP)数据

在轮下 /(德)赫尔曼·黑塞著;姜乙译. -- 天津:天津人民出版社, 2025.7(2025.7重印). -- ISBN 978-7-201-21119-0

I. I516.45

中国国家版本馆CIP数据核字第2025J0M968号

## 在轮下
ZAI LUN XIA

| | |
|---|---|
| 出　　　版 | 天津人民出版社 |
| 出 版 人 | 刘锦泉 |
| 地　　　址 | 天津市和平区西康路35号康岳大厦 |
| 邮政编码 | 300051 |
| 邮购电话 | 022-23332469 |
| 电子信箱 | reader@tjrmcbs.com |
| 责任编辑 | 康嘉瑄 |
| 特约编辑 | 殷梦奇 |
| 装帧设计 | @broussaille私制 |
| 制版印刷 | 北京世纪恒宇印刷有限公司 |
| 经　　　销 | 新华书店 |
| | 果麦文化传媒股份有限公司 |
| 开　　　本 | 770毫米×1092毫米　1/32 |
| 印　　　张 | 8 |
| 字　　　数 | 120千 |
| 版次印次 | 2025年7月第1版　2025年7月第2次印刷 |
| 定　　　价 | 49.80元 |

版权所有 侵权必究

图书如出现印装质量问题,请致电联系调换(021-64386496)